スパイ教室 10

《高天原》のサラ

草原
code name

少女燃焼中

code name
愚人

code name
忘我

スパイ教室10

《高天原》のサラ

竹町

ファンタジア文庫

3324

口絵・本文イラスト　トマリ
銃器設定協力　アサウラ

CONTENTS

SPY ROOM
the room is a specialized institution of mission impossible
last code takamagahara

CHARACTER PROFILE

愛娘

Grete

ある大物政治家の娘。
静淑な少女。

花園

Lily

僻地出身の
世間知らずの少女。

燎火

Klaus

『灯』の創設者であり、
「世界最強」のスパイ。

夢語

Thea

大手新聞社の
社長の一人娘。
優艶な少女。

灰燼

Monika

芸術家の娘。
不遜な少女。

百鬼

Sibylla

ギャングの家に
生まれた長女。
凛然とした少女。

愚人

Erna

元貴族。事故に頻繁に
遭遇する不幸な少女。

忘我

Annett

出自不明。記憶損失。
純真な少女。

草原

Sara

街のレストランの娘。
気弱な少女。

Team Otori

凱風

Queneau

鼓翼

Culu

飛禽

Vindo

羽琴

Pharma

翔破

Vics

浮雲

Lan

Team Homura

紅炉
Veronika

炮烙
Gerute

煤煙
Lucas

灼骨
Wille

煽惑
Heidi

炬光
Ghid

Team Hebi from ガルガド帝国

翠蝶

白蜘蛛

蒼蠅

銀蝉

紫蟻

藍蝗

黒蟷螂

『CIM』 from フェンド連邦

『Hide』ーCIM最高機関ー

呪師 Nathan　魔術師 Mirena

他三名

『Berias』ー最高機関直属特務防諜部隊ー

操り師 Amelie

他、蓮華人形、自壊人形など

『Vanajin』ーCIM最大の防諜部隊ー

甲冑師 Meredith　刀鍛冶 Mine

Other

影法師 Luke　索敵師 Sylvette　道化師 Heine　旋律師 Khaki

プロローグ　秘密

全てはあの日から始まったのだ、と思い出す。
──『特別任務だ。お前には明日からチームを離れて、単独で動いてもらう』
師匠であるギードから特別任務を命じられた日。ディン共和国のスパイチーム『焔《ほむら》』から一人離れて、過酷な任務に向かう。しかし全ては師匠の策略だった。謎の多いガルガド帝国のスパイチーム『蛇《へび》』に寝返っていた彼は、『焔』からクラウスを遠ざけ、全メンバーの暗殺を目論《もくろ》んでいた。無論当時ビュマル王国にいたクラウスにも罠《わな》を仕掛けていた。
──『なぁ、バカ弟子。この任務が終わったら、ある称号を名乗れよ』
──『世界最強のスパイ』
あの時ギードはどんな気持ちで告げたのか。師匠の性格からして皮肉か。あるいは、本人にも分からない期待があったのか。そう望むのは、空想か。
特別任務から戻った日、『焔』の壊滅を知らされる。絶望の底にいても動かねばならない。届けられた損壊の激しいギードの遺体を見た時、それが偽装だと察した。誰よりも彼を見てきた自分だから分かった。彼を欺くには、彼の知り得ないスパイが要る。養成学校の落ちこぼれの少女たちを集め、『灯《ともしび》』を作り上げた。

ギードを打破した。クラウスを庇って殺された彼は死に際《ぎわ》、『蛇』という組織の名を口にした。

『蛇』を追い求める任務が始まった。ディン共和国に潜入するスパイを片っ端から捕らえた。特に強者は念入りに尋問した。『屍《しかばね》』という男から『紫蟻《むらさきあり》』の情報を聞き出した。

『紫蟻』を捕らえても多くの情報は掴めなかったが、代わりに別の報酬を得た。

『灯』の少女たちが成長を遂げた。

かけがえのない仲間になった。

彼女たちと共に『蛇』との闘いを続けた。『鳳《おおとり》』という同胞のスパイチームは、死に際、『蛇』の情報を残した。クラウスは少女たちと奔走し、フェンド連邦にて『蛇』のメンバーを打倒。その後、彼らが殺した『焔』メンバーのアジトから機密文書を見つける。

――《暁闇計画《ノスタルジア・プロジェクト》》。

――第二次世界大戦の勃発を想定した、大国の首脳部たちによる謎の計画。

これが世界の秘密なのだ、と確信した。

師匠が裏切った理由、『焔』が失われた理由、『鳳』が殺されなければならなかった理由、そして『蛇』という組織が生まれた理由。

『灯』の結成から二年を経て、ようやくクラウスは辿《たど》り着こうとしていた。

彼は今、ガルガド帝国の首都ダルトンにいた。

◇◇◇

吸い込んだ空気に錆《さび》の臭《にお》いを感じた。

ガルガド帝国の駅に降り立った時の臭いを、クラウスは好きになれなかった。

首都であるダルトンを訪れるのは、久方ぶりだった。生物兵器奪還任務以来。二年近くの月日が流れている。

かつて世界中に植民地を持ち、栄華を極めた国だ。高い尖塔《せんとう》が並ぶ光景は、祖国のディン共和国には全くないもので、いつ見ても圧巻だった。首都近辺は多くの人で賑《にぎ》わいを見せており、長く続いた経済不況は感じさせない。思えばここ数年の経済は上向きだったか。敗戦しようと、世界有数の大国である事実には揺るぎない。

ガルガド帝国の諜報《ちょうほう》機関からマークされているクラウスは、変装を施していた。口に詰め物をし、眼鏡と髭《ひげ》をつけ、外見の印象を大きく変えている。クラウスを知る者でさえ気づかずに横切るはずだ。

たった一人で行動していた。

『灯』の部下たちは引き連れていない。もう一年近く会っていなかった。交流は文書のみで、直接は会わない。


『一年間――僕たち『灯』は離散する』


かつてマルニョース島で過ごしたバカンスの最後で宣言した。

言葉通り今『灯』は二人一組になって離れ離れになっている。クラウスが指示した場所で各々《おのおの》任務に励んでいるはずだ。

全ては《暁闇計画》の全貌を摑《つか》むため。

彼女たちとのミーティングは、まるで昨日のことのように思い出せた。

◇◇◇

『灯』離散直前、クラウスはいつものように陽炎《かげろう》パレスの広間に少女たちを集めた。

「ライラット王国で生まれた《暁闇計画》の全貌を入手する」

この計画はライラット王国の首相から提言されたという。

フェンド連邦やムザイア合衆国という大国も関わっている。この三国のどこかでの調査が求められるが、やはり出所であるライラット王国が適切だろう。ムザイア合衆国の防《ぼう》諜《ちょう》機関は強固であるし、フェンド連邦は今混迷を極めており、誰が計画に関わっているのか把握できない。

後に説明する事情からも、この国が適切だった。

真剣な眼差しを向ける少女たちに、クラウスは具体的な方法を伝えた。

「二つのプランを同時進行させる」

指を二本立て、一本をすぐに下ろした。

「一つ目は正攻法。ライラット王国の中枢。首相や国王の側近らと接触し、計画を探る」

スパイとして真っ当な方法だった。

首相の秘書や側近に近づき、口を割らせる。交渉でも脅迫でもいい。あっさりと情報が手に入るかもしれない。官邸に押し入り会話を盗聴してもいい。

しかし、それで国家機密が手に入るなら苦労はしない。

「正直難しいと判断している。国の根幹には『ニケ』が君臨している。常勝無敗の諜神。近づけば、必ず阻《はば》んでくる。だから、これは囮《おとり》で次のプランが本命だ」

『ニケ』と真っ向からの対立は避けるべき。

遠回りでも、より成功率の高いプランを選ぶべきだ。

「二つ目――ライラット王国で革命を起こし、『ニケ』を無力化する」

聞いていた八人の少女たちが息を呑んだ。

だが、これが最善だと判断する。

政治・行政の根幹を変革する、スパイの究極の手法。『ニケ』と言えど、国家に奉仕する公僕に過ぎない。上層部を変えれば無力化できる。

「ふ、二つ質問があるわ」

優艶《ゆうえん》な姿態を有する黒髪《くろかみ》の少女――『夢語《ゆめがたり》』のティアが困惑した顔で挙手する。

「まず『ニケ』について教えて。確かに名前は聞いたことあるけど、一体どういう人なの？　クラウス先生でさえ正面突破は厳しいってこと？」

ティアの言葉に他の少女たちも頷《うなず》いている。

「一応、名前は有名なの」「孤児院で聞いたかな？　あたしの場合は『ミケ』だったけど……」「合衆国では『ニレ』っていう軍人で伝わっていたかな」等々。

各々小耳に挟んだことはあるらしい。

「それだけ名を残している存在だよ。スパイと関係のない、子どもでも知っているような例外中の例外だ。だが実在する」

世間的な知名度で言えば、あの『紅炉《こうろ》』さえ上回るだろう。

彼女は特に有名になりたがらなかったがゆえだが。

「『終幕のスパイ』と呼ぶ人間もいる。スパイ界隈《かいわい》ではな」

少女たちが首を傾《かし》げたので、説明を続ける。

「世界大戦を終結させた七人のスパイ――『紅炉』『炬光《きょこう》』『呪師《のろいし》』『影種《かげだね》』『鬼哭《きこく》』『八咫烏《やたがらす》』。そして、この怪物たちの中に名を連ねる七人目が『ニケ』だ」

あくまで一部のスパイからそう呼ばれているというだけだが、彼らが世界トップのスパイであることは疑いようもない。

既に『紅炉』、『炬光』、『影種』は亡《な》くなり、『鬼哭』は引退しているらしいが。

「中でも『ニケ』は隙がない。抜群の知名度を駆使した弁舌や煽動《せんどう》、世界各国に多数のコネクションを持ち、部下からの信望も厚い。本人も破壊的な戦闘技術を有している。僕なら負けない――と言い切りたいが、ハッキリとした根拠は提示できないな」

ゆえに上層部からは『直接挑んではならない』と厳命されている。

今のディン共和国にとって、『燎火《かがりび》』のクラウスを失うリスクは取れないからだ。

「とりあえず質問の一つ目は納得したわ」

ティアは頷いたあと、声を張り上げる。

「け、けど革命ってどういうこと⁉　計画一つを探るだけで、そこまで大がかり？　さすがに影響が大きすぎて――」

「内容次第では、計画を破棄させる必要があるからだ」

即答したクラウスに、ティアが首を傾げる。

「……？　まだ内容は明らかじゃないけど……」

「だが、予想はできる。逆にお前たちはどう見る？」

クラウスは尋ねた。

「『炬光』のギード、『操《あやつ》り師《し》』のアメリ、『白蜘蛛《しろぐも》』――この計画を阻止するために動いていた人物は、低俗で愚かな悪人に見えたか？」

ガルガド帝国の謎多きスパイチーム『蛇』。

『白蜘蛛』の言動の端々からは『蛇』が計画の阻止のために動いていたと推察される。大国が作り上げる強者のルールに『白蜘蛛』は抗《あらが》おうとしていた。

手段こそ気に食わないが、彼らなりの正義があったはずだ。

クラウスの師匠であるギードが裏切らねばならなかった程の。

「人殺しを辞さないクズも山ほどいたけどね」

髪をアシンメトリーにセットした、蒼銀髪《あおぎんぱつ》の少女――『灰燼《かいじん》』のモニカが呟《つぶや》く。

「けど国に忠誠を誓っていたアメリさんでさえ、最終的に『蛇《へび》』に寝返ったしな」

ナイフのように鋭い瞳の白髪の少女――『百鬼《ひゃっき》』のジビアが口にする。

無論クラウスは『蛇』という組織には否定的だ。一般人を容赦なく巻き込む手法を選び、『白蜘蛛』とは最後まで相容《あいい》れなかった。

しかし、それでも全てを否定する気はない。

「少なくとも僕は、いい予感を抱かないな」

直感に過ぎないが、ディン共和国の未来のため、計画に干渉できる力を握っておきたい。

そのために国の中枢に関わっておく必要がある。

「〇・三パーセント――それがライラット王国の有権者の割合だ」

「「ん?」」

「選挙権は高額納税者のみ。上位の高額納税者は二重の投票権。仮に代議院議員に選出されても、法案提出権を持つのは国王のみ。国王と首相、内閣で国は動く。憲法は国王自ら定めた欽定憲法《きんていけんぽう》。出版物は検閲され、いつでも出版社を営業停止にできる。二十人以上の集会は禁じられ、政治結社は承認制。富や権力は上流階級で独占。相続税は市民のみ適用。警察や裁判所のトップは全て世襲。貴族の罪は見逃され、刃向かう国民は逮捕される」

語る度に少女たちが絶句していく。

無論養成学校で習った内容だろうが、今一度突きつけられると、言葉も出てこないのだろう。百年以上時代遅れの法整備。

「こんな腐りきった王政府から生まれた《暁闇計画《ノスタルジア・プロジェクト》》など、嫌な予感しかしない」

「そ、それだけ聞くと、《暁闇計画》関係なく革命が起きてほしいわね……」

クラウスの説明を聞いて、ティアが顔をしかめる。

「国民は怒らないの？　何もしなくても革命は起きそうだけれど」

「この国はある病を抱えている。簡単にはいかない」

「…………？」

「あとで説明する。市民革命が潰《つい》えた国――そう呼ばれるには理由があるということだ」

自身の言語能力の低さで比喩的な表現になってしまう。

しかし、そう言い表すしかない不穏なものが国全体に蔓延《まんえん》しているのだ。

「他に質問は？」

「いえ、大丈夫よ。これまでの任務より大規模になるのは違いないわね。メンバー全員を散り散りにするのにも納得だわ」

そこでティアは自身の胸に手を当てた。

「つまり――この任務は私向きってことね！」

「……ん？」

「民衆を煽動し、この国の英雄になってみせる。私ほどの適任はいないわ」

ハイテンションで語り出すティア。艶やかな黒髪を払い、陶酔した笑みを見せて、他の少女たちから白い目を向けられている。

やけに張り切って質問したのは、そういうことか。

確かに本人の資質や能力的に妥当ではあるが。

「ムザイア合衆国の悪夢を払い、フェンド連邦では反政府結社の首領となった実績がある。そうね！　この私を中心に動けば、必ずや任務も成し遂げられ――」

「いや、お前じゃない」

「え？」

「作戦の中心は――エルナだ」

明かした途端、少女たちから「「「は？」」」という声があがった。

「なんでよ⁉」とティアも金切り声を出す。

名指しされた当の本人、エルナも「の？」と首を捻《ひね》っている。

これまでの任務ではサポート役に回りがちだった少女だ。『灯《ともしび》』ではアネットと共に最年少であるため、後衛に回るのが基本。任務の中心にはいなかった。

しかし今回は、彼女には最前線で動いてもらわねばならぬ事情があった。

「理由はいくつかあるが――」

説明をしようとした時、エルナがハッとした顔をして立ち上がった。

不思議に思っていると、彼女はとことこと近づいてきて、クラウスの手を取り、ぎゅっと強く握りしめてきた。

「……どうした？」

「一つは言わなくても分かったの、せんせい」

手をぐっと握りしめたまま、彼女は優しく微笑《ほほえ》んだ。

「ありがとう。エルナのこと、しっかり見ていてくれて」

「ん、伝わったか」

「当然なの。エルナとせんせいの仲なの」

「そうか——極上だ」

彼女がそうしてほしそうだったので、優しく頭を撫《な》でてやった。柔らかな羽毛のような感触。クラウスの手の下で、エルナが「の〜」と気持ちよさそうな声をあげている。

横から白けた声でモニカが「で？　なんでわざわざ立ち上がった？」とツッコミを入れ、ジビアが「甘えたいんだろ？　離れ離れが寂しくて」と解説。

「いちいち言わなくていいの！」

エルナが顔を真っ赤にして、再びソファに戻った。

ティアはいまだ不服そうに頬を膨らませているが、グレーテに宥《なだ》められて納得したのか、大きく息を吐いている。

話が逸《そ》れてしまったので、今一度、強く声を出す。

「とにかく革命には、煩雑な手順がいる。だが、常に念頭に置いてほしいのは、革命は一手段に過ぎないことだ。最終目的はただ一つ」

表情を引き締める少女たち。

クラウスは小さく頷いた。

「『焔《ほむら》』、そして『鳳《おおとり》』が壊滅した元凶《暁闇計画》——世界の秘密を手に入れろ」

『鳳』の名前を出した途端、彼女たちの顔つきが変わった。

もう少女たちは譲れない使命を背負っている。

◇◇◇

少女たちとのミーティングを思い出し、再び息を吸い込む。

ガルガド帝国首都の錆《さ》びた鉄の臭《にお》い。自分が任務の中心であるライラット王国から離れた地にいると改めて思い知らされる。

これまでの任務とは、完全に異なる。仮に強者が少女たちに襲いかかろうとも、クラウスは守れない。

離れ離れになる最後の期間、クラウスは普段よりも一層念入りに、そして厳しく彼女たちに訓練を施した。『焰』時代にしごかれ、時に嘔吐《おうと》する程の訓練を、心を鬼にして彼女たちに徹底して行わせた。

現在、彼女たちは四つの組に分かれている。

危険度にバラつきはあるが、それぞれが高難度のミッションだ。重要度は等しい。『灯』一丸になって、この過酷な任務を乗り越えようとしている。

（いや）

結論をまとめようとした時、ある光景が過《よぎ》った。

（……たった一人だけ、想《おも》いを踏みにじってしまった少女もいるか）

任務直前、クラウスの方針に異を唱える者がいた。

『灯』ではめったに起きない、クラウスに対する本気の抵抗。

――『自分は、納得できません……！』

――『今回の作戦、修正をしてください』

額から汗を流し、顔を真っ赤にさせながら主張した少女。彼女は決死の覚悟で、想いを伝えたのだろう。

クラウスは真っ向から踏みにじった。

本気の抵抗を、より暴力じみた手段を用いて拒絶した。

（止まるわけにはいかないんだ）

すまない気持ちはあれど、それだけ強い覚悟を捧《ささ》げている。部下の一人が反対の声をあげようと、任務は変更できない。

駅から離れるように一歩、足を前に出す。
おそらく少女たちは任務の真《ま》っ只中《ただなか》にいるだろう。
しかし、クラウスは駆けつけられない。上層部の命令以上の理由がある。
「……僕は僕で、やらねばならない仕事があるからな」
立ち並ぶ尖塔《せんとう》の街を静かに歩いていく。
かつてない高揚と興奮が身を焦がす。また一歩、世界の秘密に近づいている。

1章　潜伏

——世界は憂虞《ゆうぐ》に塗《まみ》れている。

十二年前に終結した世界大戦は、参加した西央諸国に大きな戦禍を刻みつけた。終戦後、各国は平和条約を結び、二度と悲惨な戦争を繰り返さぬよう国際協調の方へ、政治の舵《かじ》を切り始める。軍部よりも諜報《ちょうほう》機関に国家予算を割き、スパイの時代が訪れた。

脅迫、暗殺や革命の煽動《せんどう》、反政府組織の支援など、スパイによる影の戦争。政治的な混《こん》沌《とん》はあれど、一般市民にとっては、世界大戦に比べれば平穏な時期。

しかし月日が流れ、人々の胸に不安が生まれ始める。

——本当に人類は世界大戦を繰り返さないのか。

過激化するスパイ同士の闘いが、これまで無縁だった人々にも不安をもたらし始める。世界大戦に参加したビュマル王国ではクーデターが起きた。超大国ムザイア合衆国の首都では国際会議の裏で多くの人間が暗殺された。その半年後には大国フェンド連邦の皇太子までもが暗殺され、首都の治安は大きく乱れた。

何かが変わり始めている予感を一般市民も感じ取る。しかし、スパイは止まらない。

次なる世界の動向をいち早く摑《つか》むため、彼らは暗躍を続ける。

◇◇◇

何事にも良い側面と悪い側面がある。

ライラット王国の貴族たちによる腐敗政治は、格差社会を作り上げた。

しかし、その一方で長い貴族たちの治世により、芸術が栄えた事実は否《いな》めない。貴族がパトロンになり、この国から多くの芸術家が輩出されてきた。世界中の優れた芸術家が貴族からの支援を求め、この国に集ったのだ。

世界大戦では総力戦になり、ライラット王国は参戦国最大の死者数を出した。

しかし、女性が軍需工場に勤めねばならなかった結果、女性の社会進出は一気に進み、女性デザイナーによる洋服や宝飾品のブランドも増加する。

そんな正や負の社会情勢を経て、この国は『芸術の国』と称されている。

特に首都のピルカは街全体が一つの芸術。

道を歩けば、可愛《かわい》らしいイチゴマークの看板、笑っているブタの群れの看板、ピンと張ったリボンの看板が目に入る。それぞれ子ども靴店、精肉店、手芸店の看板なのだが、お店一つ一つが意匠を凝らした看板を軒先に吊《つ》るす。通りの一本一本には「三匹の走るネコ通り」や「ドラゴンが起きるための通り」などユニークな名が与えられている。

観光客は道を百メートル進む間に、十回以上は足を止めてしまうだろう。

建物はどれも美しい石造り。太陽に照らされ白く輝いている。石畳の小道を貴婦人たちは、籐《とう》のカゴを抱えて、パッサージュと呼ばれる商店街に向かう。

そして、そんなアート溢《あふ》れる街の片隅で一人の少女がのたうち回っていた。

「のおおおおおおおおおおおおおおおっ‼」

路地の奥にある、取り壊しが決まっている廃屋の三階。

金髪《きんぱつ》の少女が、床に敷いた木の板をごつごつと殴りつける。

「そろそろベッドで寝たいのおおおおおおおおおおおおおおおっ！」

『愚人《ぐじん》』のエルナである。

ディン共和国の諜報機関『灯』のメンバー。ボスのクラウスに命じられ、この国に潜伏して一年。髪は短くバッサリと切り、身長も幾分か伸び、十六歳という歳《とし》相応の姿に成長している。

が、今は駄々をこねる子どものように廃屋で泣き喚《わめ》いていた。

「温かいご飯が食べたいの！　シャワーを浴びたいの！　清潔な服に着替えたいの！　ネズミと虫だらけの黴臭《かびくさ》い寝床なんて、い――や――な――のっ‼」

隣では灰桃髪《はいももがみ》の少女――『忘我《ぼうが》』のアネットがけらけらと笑っている。一年前より髪を伸ばし、一層浮世離れした凄《すご》みが増した彼女はにんまりと口角をあげた。

「俺様っ、やっぱりエルナちゃんは『のー』『のー』言っている方が好きですっ！」

「うるさいの！」

顔を赤くして叫ぶエルナ。

が、途端にバタバタ喚く自身を恥じるように口を押さえ「そ、そろそろ卒業しなきゃいけない……ぉ……」と小さく呻《うめ》いた。

口癖だった『の』『不幸……』は現在、努力矯正中。が、アネットの前だと言いがち。

「くう、この前まで暖かいベッドで寝られていたのに」

「俺様たち、今では逃亡中の身ですっ」

「間違いなく学校は退学処分なの」

「『創世軍《そうせいぐん》』の連中は容赦ないですからねっ！」

その時、ご機嫌そうに寛《くつろ》いでいたアネットが何かを見つけたように、窓に近づいた。木枠だけの窓から身を乗り出し、望遠鏡を構える。

「あ、発煙装置が作動してますっ！　昨日泊まった物置に仕掛けたやつっ」

アネットから望遠鏡を受け取り、示された空を見つめる。

数百メートルほど離れた箇所に、白い煙が立ち上っていた。

「俺様の誘導に引っかからなかったようです」

アネットが感心したように頷《うなず》いた。

エルナは舌打ちを堪《こら》えた。逃亡生活と言えど飲まず食わずではいられない。食料を調達する際に、どうしても人と会わねばならない。

目撃者を伝い、包囲を狭めてきたか。

「状況を整理するの」

一度呼吸を整え、窓の外を眺めているアネットを見た。

「まず当面の問題、エルナたちは『創世軍』に追われている」

ライラット王国の諜報機関『創世軍』――エルナたちを追う存在だ。

二人が今いるのは、ピルカ十九区の移民や労働者が集まるエリア。

世界大戦で被害があった区画であり、十二年経《た》った今でもロクに整備されずに放置され、生活困窮者が勝手に縄張りを決め、暮らしている。

雨が降れば汚水が流れ込む、最悪の住環境。

エルナたちはそこの長《おさ》らしき人間に金を渡し、密《ひそ》かに住まわせてもらっていた。

これには、大きな理由がある。

「俺様たちは、人殺しですからねー」とアネットが呑気《のんき》に笑う。

そう、先週二人は殺人に関わってしまった。

元々は聖カタラーツ高等学校という一般学校に留学生として通い、完璧な潜伏生活を送れていた。しかしエルナが行っていた路上生活者に対する奉仕活動が、『創世軍』の防諜《ぼうちょう》工作員に目をつけられ、身体検査が行われた。

その際、防諜工作員と戦闘になり、最終的に彼らの命を奪ってしまった。

殺人という倫理的問題に胸が苦しくなるが、考慮している余裕はない。彼らは無実の路上生活者を何人も殺してきたし、彼らを殺さなければエルナたちの命も危なかった。

「発煙装置が作動した以上、追われていることは確実」

「はいっ、殺人関係者の口は封じたんですがねっ」

「きっと捜査記録から辿《たど》り着いたの」

「学生という身分は捨てるしかなかったですねっ」

住居も捨て、学生という身分も捨て、スパイとして得た情報と武器、そして多少の金銭のみで、逃避行を始めるしかなかった。

その生活も、ちょうど六日目。

「とにかく今はできるだけ目立たないようにするしかないけれど――」

エルナは手元の軽い財布を持ち上げた。

「――資金も道具も底をついている」

「仕方ないですねっ！　俺様の工作がなければ、逃げられません」

逃走中はアネットの工作技術が物を言う。

ワイヤーを駆使した警報装置も、潜伏先手配のために郵便物に手紙を紛れこませる工作も、全て彼女が行った。直感が優れているエルナと言えど、万能ではない。

だが金がなくなれば、どのみち終わりだ。

「武器にほぼ全額注《つ》ぎこみました！　戦闘はあと一回限りですねっ！」

「ん、やることは一つなの」

状況確認を終え、導かれるのは当然すぎる結論。

「潜伏先――当面の衣食住を提供してくれる相手が必要なの」

パトロンのような存在が欲しい。

ディン共和国のスパイである自分たちを匿《かくま》ってくれる協力者。異国の地で孤独に闘うスパイにとって必要不可欠の生命線だ。

「まずは身の安全の確保。そうでないと革命どころじゃないの」

「俺様、このままだと詰みだと思いますっ！」

だが、もちろん簡単にはいかないだろう。

クラウスからはディン共和国の協力者や同胞のリストをもらっているが、完全に安全とは言い切れない。『創世軍』にマークされている可能性はありうる。

信頼に足るのか見極める時間も必要だ。しかし、その間も『創世軍』は追ってくる。

「幸い今から一人、会う約束はしているけれど……」

人を介して手紙を送り、こっそり呼び出すことに成功した。果たして彼が仲間になってくれるかどうかは不明だ。

じわりと掌《てのひら》から滲む汗をスカートで拭っていると、アネットがからかうように笑う。

「大丈夫ですよっ、エルナちゃん」

「ん……？」

「もしもの時は——俺様がいますから」

「…………………………」

なんてことのない無邪気な笑顔に、冷ややかな恐怖を感じる。

最悪、どこかの住人を脅迫すればいい——そう言っているのだ。

一年前のフェンド連邦での任務以来、アネットは凶暴な本性を隠すことが減った。彼女ならば顔色一つ変えずに他人の眼球をくり抜ける。

エルナも全く気づかなかったわけではないが、改めて慄《おのの》いていた。

（ある意味では『創世軍』以上に厄介なの）

本人には悟られぬよう、口の中で舌を噛《か》む。

（……コイツの扱いは、慎重にならなくてはいけない）

これも今回の任務で悩ましい問題だった。

アネットはジョーカーだ。殺人を得意とするが、頼り続ければ敵を増やすだけだ。

先週『創世軍』の防諜工作員を殺した一件も、いくらエルナを守るためとはいえ、それゆえに潜伏先を捨てねばならなくなった。

——アネットとエルナという、これまで任務経験のない組み合わせ。

周りにはサラやジビアのような面倒見のいい年長者はいない。今アネットを制御できるのは、エルナだけだ。

「お前は余計な真似《まね》をしなくていい」

アネットの提案を無視して、懐中時計を確認する。

エルナは息を吸い込み、立ち上がった。

「約束の時間なの。これに失敗したら、今日は野宿なの」

◇◇◇

ピルカ十区にはブラッスリーと呼ばれる大衆酒場が並ぶ路地があった。

仕切りの壁がなく、大きな一つのホールになっているのが特徴で、安いビールが飲める酒場。もう少し中心に近い区域の店ならば、大手映画会社に雇われた脚本家や俳優、監督が新たな表現方法の議論を交わす光景が見られただろうが、この区域の客層はそれよりも粗野な印象を与える。石工や配管工などの都市労働者が中心。多くの店の看板料理は生カキで、見慣れないエルナには奇異に見えた。

エルナとアネットが入ったのは、そのブラッスリーの一つ。

酒場に出入りするにはやや幼い容姿のためか、入った瞬間に数人の大人が不躾《ぶしつけ》な視線を向けてきた。

酒場は逃亡中の身には好ましい場所ではないが、危険を冒す必要がある。呼び出した相手に警戒されて来てくれなかったら、元も子もない。

幸い待ち合わせ場所に、相手はいた。既に飲み始めている。

「――よい夕食は必ず空腹によって始まる」

ブラッスリーの奥で、人の良さそうな青年がビールジョッキを持ち上げる。

「まさか女学生から、食事の誘いが届くなんてね」

年齢は二十六歳と事前に調べはついている。実直という文字を形にしたような、真面目そうな若者だ。グラウンドの芝生のように直線に揃《そろ》った生え際で、ぴっしりと真ん中に分かれている。ただ身体《からだ》全体を見ると堅苦しい印象はなく、しゃれっ気のあるネクタイを締めている。

ジャン＝モンドンヴィル。国内最高峰の法学名門校、ニコラ大学法学部の五回生。

『よい夕食は～』のくだりは、この国のことわざだったはずだ。

彼のテーブルには多くの貝料理が並べられている。

席に座ると、彼は皿をエルナたちの方に動かした。アネットが目を輝かせる。

エルナは腹の音が鳴るのを隠しながら、彼と向き合った。

「誘いに乗ってくれて、ありがとう」

「封筒に聖カタラーツ高校の校章があったからね」

ジャンはきざったらしいウィンクを送ってきた。

「花も恥じらう女学生からの頼みなんて断れないよ。心躍るね」

「いや、そういう用件じゃ……」

「冗談。手紙は荷物に紛れるように差し込まれていたし、訳アリかなとは思ったよ。場所も場所だったからね。美人局《つつもたせ》じゃなかったことに安心したくらいだ」

からかうようにジャンは手を振る。

軽薄な印象を受けるが、理知的ではあるようだ。

エルナは簡単に自己紹介をした。ライラット王国で名乗っている偽名やディン共和国の留学生であることなど、偽りの経歴を語ってから本題に入る。

「アナタは学生寮の寮長と聞いている」

小さく頭を下げる。

「ワタシたちを匿ってほしい。使用していない部屋を貸してほしい」

ジャンは「なるほど」と口元を緩めた。「やはりモテ期は遠そうだ」とも。

ニコラ大学には十を超える学生寮があり、主に学生だけで運営されている。

学問の自由を尊重する大学側は、学生同士の寮生活に介入せず野放しに近い。大学に在籍しているのかも分からない、住所不定の若者が紛れているという噂《うわさ》もある。

その学生寮の一つの寮長であるジャンが、声の音量を下げる。

「……事情を聞いても？」

「『創世軍《そうせいぐん》』に追われている。発端は一週間前。路上生活者を個人的に支援していたところ、『創世軍』のニルファ隊に取り調べを受けた」

エルナは俯《うつむ》いた。

「男性三人がかり。そこで彼らは、ワタシを……」

それ以上の言葉は紡《つむ》がずに、相手に想像させるに留《とど》めた。実際は具体的な被害を受ける前に対処してしまったのだが。

ジャンは大きく眉を顰《ひそ》めた。狙い通りの想像を膨らませてくれたらしい。

自身が可憐《かれん》な容姿という自覚はある。いかにも被害に遭いそうな、幸が薄そうな少女。

この一年間でそれを武器にする技術にエルナは磨きをかけていた。

「抵抗したところ、他国のスパイとして疑われ、容疑をかけられてしまった……今は追われている身」

「それはそれは」

ジャンは大きく息を吐いた。

「あぁなんてことだ。ニルファ隊の度し難《がた》い悪行は知っている。胸が張り裂けそうだ」

大げさに顔を手で覆い、首を横に振っている。

内容をすっかり信じてくれたことに、内心でガッツポーズを決める。

かつてはコミュニケーションを苦手としていたエルナだったが、今では対人能力を身に着けている。『灯《ともしび》』の仲間が自分の警戒心を解いてくれたおかげだ。

一人のスパイとして習得できる技術は、全て身に着けている。

あらゆる技能を磨いた——昔は苦手としていた、色仕掛《いろじか》けさえも！

「……もし匿ってくれるなら、お礼はする……」

相手の心を魅了するため、顔を赤らめ、上目遣いで言葉を紡ぐ。

「男は恐《こわ》いけれど、与えられるのは……じ、自分自身の身体くらいしかないから、べ、ベッドをトモニスルクライ——」

「——いや、そういうのいいから」

思いっきりジャンに拒絶された。

改めて彼の顔を見ると、ドン引きした表情で手を振っている。

「…………」

「本当にさっきの話は冗談なんだ。未成年には手を出さないよ」

「…………」

「あと、後半めちゃくちゃ棒読みだったから。無理はしないで」

「…………」

完全に否定され、エルナは沈黙するしかなかった。

ずっと隣で聞いていたアネットが、腹を抱えて笑い出す。

「俺様こんな酷《ひど》い色仕掛け、初めて見ましたっ！」

「自覚はあるから黙っていろ、なの！」

無論、本気で身体を売る気はなかったので、否定されてむしろホッとした。

ジャンは「キミの覚悟はわかったよ」と苦笑したが、途中で険しい顔つきになる。

「でも、おいそれと協力はできませんね」

「ん……」

「当然でしょう？　キミを匿えば、オレまで『創世軍』に拘束されるじゃないか」

困ったように首を横に振る。

「そもそも一介の学生でしかないオレになぜ？　もっと相応《ふさわ》しい人がいるだろう？」

「…………」

彼の言い分はもっともだった。

もちろん闇雲に潜伏先を選んだわけじゃない。カードを一つ明かすことにした。

「──アナタの父に関する裁判記録を知っている」

告げた瞬間、ジャンの顔が強張《こわば》った。

畳みかけるように告げる。

「ピルカ十八区に暮らしていたアナタの父は、かつて印刷会社に勤めていた。妻は既に他界し、息子二人と娘が一人。四年前から活動家の知人に頼まれ、密《ひそ》かに政府を糾弾するパンフレットを印刷及び配布。二年前『創世軍』に拘束された。刑事裁判の結果は、執行猶予なしの懲役刑。加えて財産は、反政府活動の資金として押収《おうしゅう》された。誰がどう見ても不当な見せしめ。長男以外の子どもたちはビュマル王国在住の親戚に引き取られて、生活を送っている」

ジャンは信じられないと言うように目を見開いている。

本来誰も知らないはずの秘密なのだろう。

「全部知っている。アナタなら、味方になってくれると思った」

八か月間エルナはある弁護士事務所でアルバイトをしていた。弁護記録から反政府思想があると思われる人物を全てリストアップし、マイクロフィルムに収めている。

この一年で地道に築き上げた、武器の一つ。

色仕掛けは結局習得できなかったが、それ以外の能力は伸びているのだ。

ジャンは大きく息を吐いた。

「一体どこで知ったのですか？　オレの個人情報を」

「小耳に挟んだだけ」

「好奇心は邪悪な欠点――最近の学生は恐いね」

この国のことわざを、彼は引用する。

「新聞社でさえ取り上げなかった事件だよ。王政府を恐れてね」

王政府に対する反抗や抵抗が、全て報道されるとは限らない。

エルナが弁護士事務所にいたのは、新聞では報じられなかった事件を摑《つか》むためだ。無論その百倍もの抵抗運動が裁判にさえかけられず、闇に葬《ほうむ》られているだろうが。

「とにかくオレを頼った理由は納得できたよ」

ジャンは首を横に振った。

「しかし見込み違いだ。キミの味方にはなれない」

ジャンがビールジョッキを持ち上げた。

ん、とエルナが声を漏らし、豪快にビールを飲んでいく相手を見つめる。

「そもそも父は処されて当然だった」

ジョッキをテーブルに置き、彼は一気に吐き出した。

「王政府に不満がないわけじゃない。けど、父はガルガド帝国のスパイと繋《つな》がっていた疑惑もあった。暴力による革命も肯定していた。当然の末路だ」

「そんな……」

「父が拘束された時、『創世軍』や国王親衛隊の連中は、家族のオレたちさえも尋問にかけた。何も知らないオレたちまで非国民扱い。こっちは、いい迷惑だ」

当時の記憶を苦々しく思うのか、眉間に皺《しわ》が寄っている。

ジャンは苛立《いらだ》たし気に口元を拭った。

「お帰り下さい。自身の生活を懸《か》けてまでは救えない」

「…………」

交渉は失敗に終わったようだ。

今のエルナは、彼を心変わりさせるネタは持ち合わせていない。また、これ以上酒場に居続けるのも得策ではない。長居すれば『創世軍』に見つかり、拘束されかねない。

悩んでいると、隣に座るアネットがエルナの袖を引いてきた。

「どうします？　エルナちゃん？」

耳元でこそっと囁《ささや》いてくる。

「やっぱり——指一本くらい摘みます？」

ん、と反応すると、歯を見せるアネットの笑みがあった。

彼女の服の袖からは、くるみ割り器のような機械が覗《のぞ》いていた。拷問用の道具。エルナが頷《うなず》けば、ジャンの指は潰れ、喜んでエルナたちを寮に案内してくれるだろう。

「アネット」エルナも小声で返す。

「ん？」

「言ったはずなの。余計な真似《まね》はしなくていい」

「えー」

「あと三分で店を出る予定なの」

「俺様っ、急いで飯を平らげないといけませんっ！」

アネットが急いで目の前の貝料理を食べ始める。久しぶりの温かい料理のせいか、夢中でフォークを動かしている。

ジャンは苦笑しながらアネットを見つめている。

その瞳の奥には、罪悪感が見え隠れしていた。気の毒がるように首を横に振った。

「…………迂闊《うかつ》なことはできないのですよ」

警戒するように周囲を見回し、エルナの方に身を乗り出し囁いてくる。

「キミたちが『創世軍』の手先でない証拠がありますか？」

「ん……？」

「彼らは釣りを好む。反政府思想の持ち主を暴《あば》くため、餌を撒《ま》くんです。哀れな婦女や、貴族の使用人など種類は様々。うっかり王政府打倒の思想を漏らせば、拘束される」

釣り《フィッシング》、と呼ばれる諜報《ちょうほう》機関の手法だ。

敵対者がいる場所で情報通や利用しやすそうな駒を活動させ、相手から接触してくるのを待つ。ジャンは自らの思想が疑われているのではないか、と訝《いぶか》しんでいる。

「二年前にクレマン三世が即位してから、反政府思想の取り締まりは一層厳しくなった。花火を好み、戴冠式の夜には首都で大量の花火を打ち上げる人物のくせに、臆病で、反乱分子の取り締まりにはご執心だ。前王のような威圧的な対外政策もクソだが、現王の支配的な情報統制もどうかしている。ヴァレリー首相の言いなりとの噂《うわさ》もある」

そこで言い過ぎたと思ったのか「無論王にも事情はあるでしょうが」と付け加える。

今回の任務で最重要人物の名が挙げられた。

──クレマン三世。

十五年近く統治したブノワ前国王は、二年前に国王の座を譲り渡した。

体調不良が理由らしいが、噂では厳しい対外政策のせいで、他の議員と対立し、先の選挙で王党派が振るわなかったせいと言われているが、真偽は定かでない。

国王が退位しようと、この国の絶対的な権力構造は何一つ変わらない。

政治の中枢である首相の交代はなかった。国政に関わり続けている。

――ピエール＝ヴァレリー首相は《暁闇計画《ノスタルジア・プロジェクト》》を提案した人物。

彼だけでなく、国を実質的に支配する『ニケ』もまた君臨し続けている。

「根拠なく信頼し、命を狙われるのは勘弁だ」

ジャンの声は怯《おび》えるように震えていた。

◇◇◇

その後、アネットが夢中で料理をかき込んでいる間に、エルナとジャンはいくつかの情報交換を行った。他に頼れる場所などないか尋ねたが、いい答えは戻ってこなかった。エルナができたのは、最後、彼に一つのお願いを告げるだけ。

店の外に出ると、ちょうど小雨《こさめ》が降り出していた。傘を用意するほどではないが、霧のように細い雨が身体を濡《ぬ》らしていく。

街灯はもう灯《とも》っていて、ピルカの街をぼんやりと照らしていた。

アネットは満足げに腹を押さえている。

「俺様っ、お腹《なか》いっぱいです！　眠たくなってきました！」

「…………」

返事はできなかった。

考えなければならないことが山ほどある。時間を浪費するわけにはいかない。不用心に路地に佇《たたず》んでいれば、次の瞬間には『創世軍《そうせいぐん》』に見つかりかねない。

しかし、なによりも優先しなければならない議題があった。

「アネット、やっぱり、これだけは言わせてほしいの」

「んん？　なんですかっ？」

笑顔で振り向くアネットに、率直に言い放った。

「さっきみたいな――一般人を脅迫する提案はやめてほしい」

きっぱりと伝える。

やはり彼女は野放しにはできない。殺意を隠さず、躊躇《ちゅうちょ》なく悪意をばら撒くようになった彼女は危険すぎる。

ハッキリと彼女の目を見て、告げる。

「この国では、無闇な殺人はやめてほしいの。やたらと人を傷つけるのも禁止。提案さえ控えてほしい。エルナの指示があるまで大人しくしてほしい」

アネットの顔からスッと笑みが消えた。

小さく息を吐き、穴のような黒い右目を向けてくる。

「俺様、エルナちゃんとは対等な立場のはずですけどね」

「それは分かっている」

「なんなら守ってやっているんですが。結局、今日泊まる場所もないじゃないですか」

「感謝はしている」エルナは彼女から視線を外さなかった。「けど従って」

「…………」

繰り返し伝えると、アネットは不服そうに口を噤《つぐ》んだ。

いつまでも店の前にいるわけにいかず、歩み出す。

エルナが道を進むと、アネットは一歩後ろを歩き始める。足音が大きく、露骨に不服を示しているようだ。

「この一年間ずっと見て来たから」

先ほどまでいた拠点には戻らず、別の道に向かう。

「この国のこと。王政府に苦しめられる人たちのこと」

見せた方がいい、と判断し、多くの説明を控える。

鼻を動かし、澱《よど》みを感じる。

エルナしか感じ取れない不幸の予兆を感じながら、路地を右に曲がった。

ピルカ十区は十九区同様移民などが多く、治安や衛生が悪いエリアとして知られている。数十年に一度、大雨による氾濫が起きた時は、真っ先に被害に見舞われる。十区中心に流れる運河に近づけば近づくほど、悪臭を煮詰めたようなドブの臭《にお》いが増していく。

小さな運河の横を進んでいると、路上に男性が横たわっているのが見えた。

彼だけでなく、五、六人の男女が道脇に倒れ、虚《うつ》ろな目で夜空を見上げていた。

「………アヘン……ですねぇ」

アネットが呟《つぶや》いた。

エルナは短く「珍しい光景じゃないの」と口にする。

貴族優遇社会の成れの果てだ。

警察や裁判所の要職を務めるには、能力よりも血筋とコネが物を言う。流動性を失った組織は例外なく腐敗し、取り締まる組織が腐れば、麻薬は社会に蔓延《まんえん》する。

裏社会と繋がり合う貴族も多くいるという噂だ。

道を進んで行くと、怒鳴り声が聞こえてきた。

一人の男性が、四人の若者に囲まれている。

男性は小柄な四十代半ばといったところか。それをみすぼらしい身なりの若者たちが唾を飛ばし、「お前、ガルガド帝国民だろ?」と怒号をぶつけている。

「い、いや、私はもう二代前からこの国で商売を──」

帝国民らしい男に弁明の機会など与えられず、地面に投げ飛ばされる。

這《は》いつくばる男に、若者たちは厳しい口調で「この侵略者がっ‼」「どうせスパイ行為をしてんだろっ!」と言葉をぶつけ、ボールで遊ぶように蹴り上げていった。

あまりに痛ましい光景だ。近くには他に人間はいたが、誰も助けようとしない。アヘンにやられて夢を見るように微睡《まどろ》んでいるか、男性に軽蔑の視線を送るだけ。

「……………市民革命が潰《つい》えた国」

エルナはぽつりと呟いた。

「それが、この国なの。現状を変える希望さえ持てず、薬物か差別で鬱憤を解消するしかない。こんな酷《ひど》い差別も野放しにされる」

拳を握り込んでいた。

「――この国で生きる人たちは、常に困窮している」

帝国民の男性は抵抗をやめたように蹲《うずくま》っている。まるで甲羅に籠る亀のように無抵抗の彼の背中や横腹を、若者たちは面白がって蹴っている。

我慢ならず、エルナは歩みだした。

「助けに行く必要はないですよ」

冷めた声をかけられる。

振り向くと、眠そうに欠伸《あくび》をするアネットの姿があった。

「エルナちゃん、何か勘違いしていません？」

彼女はこの光景を見ても何も思わないらしい。

「どうでもいーです。この国の奴《やつ》らがどうなろうと。俺様たちはディン共和国のスパイであって、正義の味方じゃありません。必要なら脅迫でも殺人でもしますよ」

「アネット……」

「――『灯《ともしび》』は、この国を救いにきたわけじゃない」

冷めた視線と共に伝えられる。

アネットが口にしたとは思えない正論。普段ならば絶対吐かないであろう言葉。それでも言わねばならないと判断したのか。

しかし真っ向から反対しなければならない。

「違う」

エルナは首を横に振る。

「ここで人を見捨てることが、真の悪手」

「……俺様は忠告しましたからね」

アネットの制止に構わず、エルナは若者たちに詰め寄った。

「――やめろ、なの」

四人の若者たちが、ん、と怪訝《けげん》そうな声をあげ、一斉に振り向く。

最初意外そうに、ただただ困惑するようにエルナを見つめたあと、突如血相を変えた。

「ひぃっ‼」「っ、逃げろ！」

顔を青白くさせた四人の若者たちは駆け出し、路地の奥に消えていった。

思わぬ反応に拍子抜けした。

（む、まさか一睨《ひとにら》みで撃退なの）

彼らが去っていった方向に視線を向ける。

（ふふん、この一年でとうとう大人の風格を身に着けたみたいなの）

思わぬ成長を感じられて、誇らしい気持ちになる。

考えれば、もう自身は十六歳。実はアネットより身長も伸びている。

今のエルナはスパイとしての凄《すご》みを帯び、一般人ならば睨みつけるだけで追い払える
——ということは、もちろんなかった。

「ビンゴ、ビーンゴ。釣れましたっ」

背後から不気味な声がかけられた。

咄嗟《とっさ》に振り向くと、目の前に痩身《そうしん》の男性が降り立った。片眼鏡をかけた、気取った風貌の男は両手で器用に二つの拳銃を回しながら、こちらを見つめている。

横には彼の部下らしき男が三名。白いロングコートを着こなしている。

「殺害容疑がかけられた、金髪《きんぱつ》の少女。聖カタラーツ高等学校の留学生、エルフィン＝クラネルト。事件があった翌朝から行方不明」

片眼鏡の男は歌うような、軽やかな声で口にする。

「やはりガルガド帝国のスパイでしたか？　同胞は捨て置けなかったですかー？」

若者たちは彼を見て、慌てて逃げ出したようだ。

エルナが今しがた助けたガルガド帝国民の男性も、その存在を察して悲鳴をあげる。

「『創世軍』防諜《ぼうちょう》第二課ニルファ隊隊長。『モモス』なんて呼ばれています」

やはり近くまで迫っていた。鋭い嗅覚に感心するしかない。

男は両手に持った拳銃を横に傾け、同時に引き金に指をかける。

「覚えなくていいです。すぐに忘れられなくなる」

左右の拳銃が至近距離で同時に放たれる。

咄嗟に右に跳んで銃弾を回避するが、元々当てる気はなかったようだ。ブラフ。防諜工作員は簡単にスパイを殺さない。捕らえて尋問が基本。

分かっていてもエルナは体勢を崩してしまう。

『モモス』と名乗った男はすぐさま距離を詰め、エルナの顔を銃把で殴ってきた。

視界が爆発したようにホワイトアウトする。

モロに攻撃を食らった。

意識が飛びそうになるが、すぐに体勢を整え、スカートからナイフを取り出す。

「ヒット、ヒーット。実に良い手ごたえ」

『モモス』はまた歌うようなリズムで己の拳銃を摩《さす》っている。

血が滲《にじ》む頬を拭うエルナの横に、無表情のアネットがくっついてくる。そして、取り囲んでくる白コートの四人を鋭い目で睨みつけていた。

「…………」

彼女は何も言わない。

まだ怒っているのか。あるいは、忠告したじゃないか、と呆《あき》れているのか。

なんにせよ、まずはこの事態を対処するのが先決だ。

相手は訓練された四人の『創世軍《そうせいぐん》』の工作員たち。正面から闘わずに退散するのが、妥当な選択だろう。少なくとも『モモス』の動きは、格闘に長《た》けているそれだ。

「もし逃げようとすれば――」

そのエルナの思考を先読みしたように『モモス』は動く。

何を、と考えた瞬間、腰を抜かしていた帝国民の男性を蹴り上げる。

「うがぁっ！」

「――この薄汚いガルガド帝国の人間の耳を削《そ》ぎます」

『モモス』の顔には、加虐を楽しんでいる愉悦の笑みがある。

エルナたちをガルガド帝国のスパイと勘違いしているらしい。だが、無関係の一般男性を見殺しにする気にはなれなかった。

「…………っ」

その『モモス』の怪し気に歪《ゆが》む口元を見た時、自然と察した。

憤《いきどお》りに身を焦がして言葉をぶつける。

「アナタたちはいつもそんな手法を取るの？」

「はい？」

「釣り《フィッシング》――スパイを炙《あぶ》り出すために、無関係なガルガド帝国の人を甚振《いたぶ》る」

彼らの口ぶり、そして現れたタイミングからして仕組まれていたとしか思えない。ジャンが言及していた彼らが得意とする手法。

あの若者たちをさりげなく誘導し、帝国民の男性を攻撃させていたのだろう。

『モモス』は嘲るように「今更です？」と笑った。

「よくやります。スパイに限らず、この国の癌《がん》である秘密結社もよく釣れる。スパイと繋がり、我々『創世軍』の手を焼かせる害悪連中」

耐え難《がた》い行為にエルナはグッと拳を握りしめていた。

『モモス』は悪びれもせずに語る。

「非人道的行為はガルガド帝国が先にやったことではないですか」

声には嘲りが混じっている。

「毒ガス兵器なんて最悪の兵器を用いたのも、帝国が先でしたよね？　潜水艦の無差別攻撃なんてのも、やりましたね。軍需工場で女性労働者を雇用したことを理由に、一般市民や男女の区別なく大殺戮《だいさつりく》をかまし、この首都に無数の砲弾を降らした国」

十二年前に終結した世界大戦の話が持ち出される。

ガルガド帝国はディン共和国を通り道として蹂躙《じゅうりん》したあと、そのままライラット王国まで雪崩《なだ》れ込んだ。首都ピルカに砲撃を浴びせ、陥落一歩前まで追い詰めた。

その怨念は、いまだこの国に濃く残っている。

「かの悪辣な帝国が全て悪いのです！」

『モモス』の声が次第に大きくなっていく。

「蔓延《まんえん》するアヘンも、キタネぇ公衆衛生も、経済不況も、我が国が国際社会の場でムザイア合衆国に後れを取っていることも、全ては帝国の悪鬼どものせい！」

エルナは改めて、この悪臭が立ち込める路地を見つめる。

銃声が轟《とどろ》いたというのに、騒ぎにならない。

視界にいるアヘンに侵された者たちは、こちらに視線を向け静かに笑っている。あるいはもはや見慣れた光景と言わんばかりに、無関係を決め込んで目を伏せている。

——それは、一年間でずっと見てきた光景。

富に執心する貴族や資本家などの上流階級。そして、彼らの足元で希望さえ持たず、飢える下流階級。人権さえ与えられていると言い難《がた》い、貧者の群れ。

「……アナタの国がうまくいかないのは、時代錯誤の貴族優遇のせいと思わないの？」

「考えるに値しない」

切り捨てるように否定される。

先週闘った『創世軍』ニルファ隊の人間も同様だ。ガルガド帝国への憎しみを吐き、貴族を称《たた》え、下層民を毛嫌いする。

何百回も何千回も何万回も見て、その度に憤った。

「アネット、お前の言う通りなの。エルナたちには他国を救う義理なんてない」

身体《からだ》の奥底から湧き起こる、狂わんばかりの熱。

隣の少女にのみ聞こえるよう、口にする。

「けれど、それ以上に――エルナの出自は、ディン共和国の貴族なの」

エルナという少女の出自だ。

共和制ゆえに名ばかりではあるが、地位のある家柄だった。火事により家族が亡《な》くなったことは、人生を宿命づけた。

「富める者として貧しい者に奉仕すること――それは幼いエルナにも教えられた、当然の常識。人の犠牲の上にふんぞり返る貴族なんて、パパとママは許さない」

だからこそエルナは、目の前の光景を見る度に怒《いか》れるのだ。

クラウスはその想《おも》いを汲《く》み、自身を作戦の中心に据えてくれた。

「パパとママの娘として人を救う——せんせいが導いてくれた、エルナの存在証明」


貴族の家に生まれ落ち、自身だけ生き残った。

彼らの理想の娘になりたくて、自分だけ生き残った価値を示したかった。


エルナがスパイを志した根源。

ゆえに、この腐りきった貴族社会に魂から反抗したくなる。

衝動を解き放つよう配慮してくれたクラウスには感謝しきれない。

「安心するといいの。アネット」

「ん？」

「お前が暴れるタイミングは用意してやるの——まさに今みたいに」

「…………！」

エルナが覚悟を口にした時、アネットが目を見開き数秒後「あぁっ！」と叫んだ。

まるで空気を読めていない言動。嬉《うれ》しそうな笑顔で無邪気に飛び跳ねる。

「なるほど、そういう狙いだったんですね。俺様っ、勘違いしていましたっ！」

さっきまでの不機嫌は消えたようだ。

『モモス』たちはアネットの突然の変化に気味悪そうに顔をしかめている。

「お前にしては勘が鈍いの」とエルナは苦笑していた。

「俺様、悪いのは満腹だと思いますっ。本当に眠かったんです！」

「最近、食べ過ぎなの」

「むぅ！　俺様っ！　たくさん食べて、背を伸ばさなくてはならないんです！」

「エルナに差をつけられて悔しいの？」

「ぐぎぎ………今に見ていやがれと思いますっ！」

途端に親し気に語り始めた二人を見て、『モモス』は苛立《いらだ》ったようだ。

「幼いガキの声はきゃんきゃんうるさい……」

片眼鏡を押し上げ、再び二丁拳銃を構える。

エルナたちの動きの方が早かった。

「許可するの」エルナはそっと口にする。「アネット、やれ」

会話を突如切り上げ、完璧に呼吸を合わせて二人は同時に別方向に跳躍する。アネットは後方、そしてエルナは前方に。

後退するアネットのスカートから四機の模型飛行機が飛び出した。

拳銃を握っていた『モモス』たちは意表こそ突かれたが、それが爆弾の類だと察知。模型飛行機に近距離まで迫られたが、発砲して撃ち落とす。

その判断にミスはなく、狙いは正確。

爆弾の作動を予期し、顔と首などの急所をガードする。

ここまで『モモス』たちは完璧な対応をした。

ゆえに困惑したのは、模型飛行機と同時に金髪の少女が駆けてきたことだ。


「コードネーム『忘我《ぼうが》』――組み上げる時間にしましょうっ」

「コードネーム『愚人《ぐじん》』――尽くし殺す時間……！」

アネットは防護用折りたたみ傘を取り出すと同時に、爆弾を起爆させる。

「………………はい？」

起こった光景を『モモス』たちはまるで理解できなかった。

――仲間ごと爆風に巻き込む、理外の攻撃。

追い詰められたスパイが自爆攻撃を行うことは稀《まれ》にあれど、爆弾の中に仲間を突っ込ませる手法など見たことがない。ゆえに反応できなかった。

起きた順番に理解する。

四機の模型飛行機は二秒の時間差で爆発したこと。爆発直前にエルナに身体を摑《つか》まれ、バランスを崩されたこと。爆発により飛来する鉄片が身体に突き刺さっていったこと。そして爆発の度にエルナが移動していったこと。

その果てに理解する。

——『モモス』たち四人は、全員エルナに飛び掛かられ爆風を食らったこと。

——しかし、爆風のそばにいたはずのエルナが無傷であること。

「……私たちを盾にして爆風を全て回避した？」

「アイツが作る不幸なんて慣れっこなの」

全身を鉄片で切り刻まれた『モモス』を、エルナが静かに見下ろす。

彼女の心にあるのは、強い確信。

——闇討ちや襲撃に長けた加虐の天才、『忘我』のアネット。

――被害の自作自演や回避に長けた被虐の天才、『愚人』のエルナ。

この組み合わせは、無限の可能性を秘めている。

爆風を食らった四人は負傷し、もう起き上がれないようだ。

その隙に速やかに駆け出した。トドメを刺している余裕はない。ナイフ以外の武器は、今ので使い果たした。爆音を聞きつけ、更なる敵に囲まれてはかなわない。

「っ、アナタたち――!!」

這《は》いつくばる『モモス』が苦し気に声を上げる。

「……これで逃げ切れる、と思うな……所詮は一発芸。次に会う時は必ず……！」

負け惜しみと嘲笑《あざわら》うこともできたが、的を射ていた。

資金は尽きた。このまま何日も『創世軍《そうせいぐん》』から逃げられるなど楽観もしていない。

エルナは足を止め、相手の心を挫《くじ》くために伝えた。

「構わない。どうせ、もう会う時なんてない」

「はい？」

「たっぷりと利用させてもらったから」

それだけ言って、すぐに立ち去る。

言葉の意味に彼らが気づくことはないだろう。エルナたちを襲った時点で、既に彼らはエルナの術中に嵌《はま》っている。

「カッコつけるのはいいですけど、エルナちゃん、スカート破れていますよ?」

「っ、お前の爆弾はやっぱり危険すぎるの!」

「今から縫ってやりますっ! エルナちゃんは世話を焼かせますねーっ」

「ひ、引っ張るな! 今はとにかく離れるの!」

「ふふーん! 俺様、了解しました♪」

「…………突然ご機嫌になられても、それはそれで気持ちが悪い……」

突然腕を組んでくるアネットに困惑しながら、路地を駆ける。

◇◇◇

今回のアネットは理解が遅かった。本当に眠かったのかもしれない。

——なぜ無闇に人を襲わぬよう、エルナがアネットに厳命したのか。

——なぜ本来関わるべきでない、ガルガド帝国民をエルナが助けたのか。

アネットが食事に夢中にならず、エルナとジャンの話に耳を傾けていたら気づけていただろう。去り際、エルナは一つ彼に頼み事を伝えていた。

――『ワタシたちを遠くから尾行していてほしい』

それがジャンに頼んだことだ。

――『ワタシたちが信頼できるかどうか見極めてもらうために』

『創世軍』の工作員が釣り《フィッシング》を得意とするならば、あえて釣られてしまえばいい。

そして『創世軍』を出し抜く様を見せればいい。

――『愚人』のエルナには、不幸に引き寄せられる才能がある。

襲われる現場を見せつけるのは、エルナにとっては得意分野だった。

◇◇◇

ジャンと合流したのは、彼の大学近辺の教会。夜に人影はない。

尾行は警戒していたが、幸いその気配はなかった。

再会したジャンは僅かに緊張しているようだった。こちらを改めて観察するような眼差《まなざ》しで、椅子に腰を下ろしている。

「見ていましたよ。キミに言われた通りに」

驚愕《きょうがく》しているようで、声は僅かに上ずっている。

「……オレのことは、どこまで知っているんです？」

「反政府思想を持つと推測される、学生寮の寮長。最初はそれだけ」

少なくともブラッスリーで出会った時は、それしか知らなかった。

しかし、エルナはある期待を持って臨んでいた。会話を交わすうちに確信を得て、己の情報を開示する判断を下した。

「ただ、アナタがあからさまに匂わせたから」

「………なにを？」

「過去のことがあれど、一般人が『創世軍』の釣り《フィッシング》を警戒する？」

ほとんど自白に近い。

――自分は諜報《ちょうほう》機関の警戒対象になりうる人物である、と。

そんな分かりやすいヒントを与えてくれたのは彼なりの慈悲なのだろう。

ほとんど初対面ではあるが、エルナはジャンの正義感に好感を抱いていた。

「そして指示も出した。『根拠なく信頼できない』って。『根拠を示すなら信頼してくれる』っていうことでしょ？」

「……こっちも綱渡りなんだ」

ジャンは肩を竦《すく》めて苦笑する。

「賛同者は欲しい。けれど、信用できない人間をおいそれと引き込めない」

「ワタシたちの力は示した通り。相応の訓練は積んでいる」

「あぁ見事だった。何者なんだい？」

「道中に詳しく話す。とりあえずは名もなき工作員と思っていい」

「ひとまず信じよう。キミたちが『創世軍』と敵対しているのは真実のようだ。加えて、ガルガド帝国の男性を見捨てない姿勢は素晴らしかった」

ジャンは椅子から下りると、両腕を広げ迎え入れるポーズをとった。

「匿《かくま》ってあげるよ。優秀な仲間は一人でも欲しい」

大きな笑みで彼は己の正体を明かした。

「地下秘密結社『義勇の騎士団』――代表のオレがキミたちを歓迎しよう」

間章　草原《そうげん》Ⅰ

『草原』のサラがスパイという道を進んだ経緯は、成り行きという他ない。

実家のレストランで陸軍情報部とガルガド帝国のスパイとの銃撃戦が勃発した。陸軍情報部のずさんな拘束による失態だった。潜伏場所から逃走したスパイは、サラの両親が経営するレストランに逃走。客を人質に取り、立て籠もった。

当時十二歳のサラは幸い、学校におり事件には巻き込まれなかった。

サラが目撃したのは、爆弾により半壊した店。

漠然と継ぐと思っていた店は、経営できないほどに壊れていた。国からはそもそも銃撃戦の真相さえ知らされず、支払われた補塡金は雀《すずめ》の涙ほど。地元民に愛されていた店だったが、元々村の人口自体が減り、収入が落ちていた矢先。店を修繕する余力はない。

両親は瞬《また た》く間に、家業を閉業した。

問題は、当面の生活資金だった。

職を求めて、家族全員で都市に引っ越すしかない。だが、首都の方でも今の時代、都合よく働き口があるのかは分からない。育ち盛りの娘もいる。

毎晩毎晩、通帳を見つめて頭を抱える両親を、サラはこっそり見ていた。

「陸軍情報部のヤロー共、やらかしてんなぁ。ひでぇ有様《ありさま》」

そんな折に妙な男が訪ねてきたのだ。

まるで少年のような人懐《ひとなつ》っこい笑みを浮かべる、流行を取り入れた真ん中分けの金髪《きんぱつ》を揺らす男。好奇心を宿して輝く瞳で半壊したレストランを眺めている。

「誰っすか？　今、お店は……」

たまたま店を掃除していたサラは、不審な男に声をかけた。

彼は「ん、見学」と愛想《あいそ》よく笑った。そしてサラの足から頭までゆっくり視線を動かす。

全て見透かされそうな、不気味な瞳。

「な、なんすか……？」

ついサラが身構えると、相手は再び笑った。

「な、嬢ちゃん、この店の守り神を知らない？」

「守り神？」

「そ。銃だの爆弾だのバッカみたいに陸軍情報部がぶっ放した事件があったんだろ？　そして、その際に立て籠った間抜けなスパイの隙を突いたのが――」

たっぷりの間を置いて彼は口にする。

「――一羽の勇敢な鷹《たか》だった」

「……あぁ、そうらしいっすね」

思わずサラは苦笑していた。

最近、獣に襲われていたのか、道で怪我《けが》を負っていた鷹を介抱したことがあった。それ以来鷹はよくサラに懐《なつ》き、店の近くを飛び回っている。

サラの与《あずか》り知らぬところで大活躍をしたらしかった。

「陸軍情報部の尻拭いに追われていたら、愉快な話を耳にしてさ。そんな勇敢な鷹がいるなら、ぜひオレたち『焔《ほむら》』に――」

「――はい、この子っすね」

指笛を吹くと、すぐに鷹は飛んできた。器用に店の壊れた窓から入って、サラのすぐ隣に降り立つ。

これくらいの芸は気づけば習得できていた。

金髪の男性は、うぉ、と目を輝かせた。

「かなり懐いてんな。すげー技術」

「技術っていうか、ただただ好かれているだけっすよ」

「へーぇ」

「昔から自分はそうなんです。いつも動物に守られていて」

ペットが褒められると、つい饒舌《じょうぜつ》になってしまう。

ぺらぺらと情報を開示していると、彼は「……掘り出し物かも」と口元を歪《ゆが》めた。

「ん？」

「オレ、スカウトなんだ」

「スカウト？」

「そう。素敵な人材を見つけたら、推薦できる権利を持っている――スパイのな」

スパイ、と唐突に言われた単語に瞬《まばた》きをする。

真っ先に思い浮かんだのは、潰れた店のことだった。ハッキリと国から説明はなかったが、噂《うわさ》でスパイの仕業と知っている。とにかく物騒な世界。

スカウトを名乗った男は尚《なお》も口にする。

「金に困ってんなら――養成学校に来ないか？」

あれ、と思った。

自身の家庭の窮状など、彼の前で語ったことはない。

目を白黒させるサラの前で男は喋《しゃべ》り続ける。

「そうだな。少なくともアンタの当面の生活資金は国が負担するし、もしスカウト料を両親に払ってほしいなら払うぜ？　上司に金を借りてくる」

「い、いや、無理っすよ！　自分なんかに――」

「できるよ」

慌てて否定するサラに、男はあっさりと肯定する。

力強い確信の籠った声音。

「目利《めき》きには自信がある。オレ、賭け事では生涯無敗なんだ」

有無を言わせない、凄《すご》みが宿っていた。

反論の言葉を失ってしまうと、男はへらっと人懐っこい笑みに戻る。

「行くだけ行ってみたら？　ダメなら二年か、三年で辞めればいいし」

「えっ、そんな簡単な気持ちでいいんですか？」

「タダで留学できるくらいに思えばいいよ。将来役に立つ技能も学べるしな」

「はぁ……なるほど……」

適当な物言いの説得に心が揺り動かされた。

養成学校に行くだけなら、命を落とすような物騒な目に遭うことはないだろう。生活の面倒を全て見てくれるなら、両親に迷惑もかからない。本当にこの男がスカウト料を払うなら、両親は楽になるはずだ。この男の希望も叶《かな》う。

——それぞれの利害が完璧に調整されている。

あまりにスムーズで否定する言葉が出てこない。

「もし来るなら、オレがコードネームを決めてやるよ」

自信満々に伝えてくる男の言葉に、心は揺れ動いていた。

『草原』のサラがスパイという道を進んだ経緯は、成り行きという他ない。

厳密には——成り行きとなるよう調整する人物がいたわけだが。

しかし、今の少女は譲れない目標を胸に宿して『灯《ともしび》』のスパイになっている。

◇◇◇

だから言わねばならなかった。

どれだけ恐ろしく、大それた真似《まね》であっても躊躇《ちゅうちょ》しない。その衝動に背いてしまえば、サラがスパイを続ける意味がなくなってしまう。

ライラット王国での任務のミーティング終わりに向かったのはクラウスの部屋。

突然訪れたサラに、クラウスは嫌な顔をしなかった。不思議そうに見つめてくる。

大きく息を吸って、胸を張って伝える。

「自分は、納得できません……！」

ハッキリと言い切った。

「――今回の作戦、修正をしてください」

少女たちがクラウスに、作戦の修正要望を出すなどまずないことだった。

疑問を挟むことはあれど、基本『灯』は彼の指示通りに動く。時に理解不能の表現はあれど経験豊富で実力のある彼に全幅の信頼を置いているからだ。

ゆえにサラの行動は異例中の異例。

椅子に腰を下ろす彼が瞬きをした。

「何が言いたいんだ？　説明してくれないか？」

「以前も伝えた通り、自分は、人生で初めて目標を見つけられました」

怯《ひる》まずに言葉を続ける。

「『灯』の守護者――メンバーの誰も死なせない。メンバーが快く引退できるその日まで、自分は仲間を守り抜く。それが自分の理想のスパイです」

既に多くのメンバーに明かしている。

――『灯』の守護者。

任務の成否よりも『灯』メンバーの命を優先する。

これまで目標がなかった自分がようやく見つけられたもの。

「エルナ先輩とアネット先輩が危険に晒《さら》される計画は認められません」

今回のクラウスの計画は、サラの信念と相反する。

メンバー全員がバラバラになれば、仲間を守るどころではなくなる。百歩譲って任務の都合上受け入れるとしても、今の編成はリスクが大きすぎる。

「エルナ先輩が作戦の中心なのは理解できました。なら、組み合わせるのはモニカ先輩やジビア先輩――非常時にエルナ先輩を守れる人を配置するべきっす」

まだ幼さの残るコンビだけで任務の最前線に出る。

その事実を想像するだけでサラの身は震える。もし彼女たちになにかあったら、と。

「あの子たちを守るため——自分は、作戦の練り直しを要求します」

「…………………」

クラウスはすぐに返答しなかった。

じっとサラを見つめ返している。全くと言っていいほど表情筋は動かず、怖いくらいに無機質な表情だった。

バクバクと心臓の音が高まっている。

失礼極まりないという自覚はある。若輩者の自分がボスに意見などあまりに烏滸《おこ》がましい。全身から汗が噴き出し、もはや寒いくらいだ。

逃げ出したい気持ちに耐えていると、ようやくクラウスが口を開いた。

「サラ——」

叱責されると身構え、サラは続く言葉を待った。

「——よくここまで成長したな。仲間に意見一つ言えなかった頃に比べて大きな進歩だ」

「え………」

褒められたらしい。

クラウスは満足げに腕を組み、何度か頷《うなず》いている。まるで喜びを噛《か》み締めるように。

思わぬ反応に拍子抜けしてしまった。

「歓迎するよ、サラ。お前は真なるスパイに向け、偉大な一歩を踏み出そうとしている。なら僕も一人のスパイとして正面から応えよう」

「は、はいっ……」

「――認められない。モニカやジビアには別の役割がある。現状が最善だ」

しかし回答は拒絶だった。

それが彼なりに悩み抜いた結果か。マルニョース島でのバカンス中、彼は初日から最後の十三日目までずっと苦悩していた。部下の命と使命を天秤《てんびん》にかけていた。

「……っ、ワガママなのは分かっています」

サラは拳を握り込み、前に半歩踏み出していた。

「なら、せめて自分もエルナ先輩たちと一緒に――」

「――今のお前がいて何ができる？」

鋭い切れ味を伴った声。

教師としてではなく、スパイとしての正論。仮にアネットやエルナが命の危機に晒され た時、自分如《ごと》きでは何の手助けにもならない。

「…………………………………」

言葉を失ってしまったサラの前で、そっとクラウスが立ち上がる。

「……今のお前には、もう少し厳しい指導が相応《ふさわ》しいのかもしれない」

「え？」

彼はサラの正面を横切った。

「いずれ継がせる気だった。料理だけじゃない。いつかスパイを去る身のお前だからこそ、役に立つ技術。一割習得できれば、十分すぎるくらいだがな」

クラウスは部屋の隅にある、戸棚の鍵を開けた。

サラが知る限り、その棚には統計資料や地図などがあるだけのはず。

しかし、彼がなにかしらの操作を終えた時、戸棚からカチリと小気味いい音が聞こえ、何かが戸棚の上部から落ちた。

「あの人の演奏が録音されたレコードは五枚、残っている」

クラウスは落ちてきた紙袋に手を入れて、五枚のレコードらしきケースを取り出した。

ケースは黒一色で、何も描かれていない。

「なんですか、それは？」

「『煽惑《せんわく》』のハイジ——音や光、匂い、空間全てを自分の色で塗り替える天才の遺作だ」

息を呑《の》むサラの前に、クラウスは戸棚からレコードプレーヤーを取り出した。

これから何が始まるか全く見えないが、彼はレコードプレーヤーのコンセントを繋《つな》ぎ、音楽を流すためのセッティングを終えた。

「二分間、耐えてみせろ」

「……はい？」

「もし耐えられるなら、お前の意見を聞いてやる」

戸惑いはあるが、身構える。持ち出されたのは、退《ひ》くに退けない条件。

クラウスは回るレコードに針を落とす。

「『草原《そうげん》』のサラ——これがお前の踏み出さねばならない一歩目だ」

次の瞬間、サラの身体《からだ》が真っ二つに裂けた。

2章　結社

地下秘密結社については、任務直前のミーティングでクラウスが説明していた。

「市民革命が潰《つい》えた国——そう言われる国ではあるが、実際には多くの反政府団体が今なお活動している。革命を目指す、いわゆる地下秘密結社だな」

『灯』全メンバーが集った広間で、クラウスはこの国の事情を解説した。

これまで存在した、無数の組織の名前を並べる。挙げられたのは、既になくなった組織含めて大小五十以上の秘密結社。

中には『義勇の騎士団』も存在した。

「この国では、政府の許可なき政治団体の結成は禁じられている。無数の団体が警察や防《ぼう》諜《ちょう》工作員に潰されている。首謀者は投獄され、政治結社は地下に追いやられた」

今では政治結社は、大学や企業、趣味団体などに擬態して運営されているらしい。

だが多くの結社があれど革命が起こる気配はない。改めて革命を禁じる王政府や『創世《そうせい》軍』《ぐん》の苛烈さを認識する。「市民革命が潰えた国」という異名は、何も誇張はなかった。

『愛娘』《まなむすめ》のグレーテが小さく手をあげた。

「……では、どのようにすれば革命を起こせるのでしょうか?」

「『革命の三要素』――この国で生きる三つの存在を味方につける」

クラウスは三本の指を立てた。

「一つは――民衆。言うまでもなくもっとも大事な存在だ。地下秘密結社と繋がり、多くの国民の義憤を煽《あお》り革命の原動力と成す。街にバリケードを築き上げ、小銃や投石をもって政府機関を乗っ取る。数の力がなければ、革命を始めることさえ難しい」

少女たちの何人かが頷く。

歴史的に多くの市民革命が成されたが、引き金になるのは当然民衆の怒りだ。

「二つ――国王親衛隊。陸軍の一部隊で、諜報《ちょうほう》機関『創世軍』と連携し、都市を守る治安部隊だ。最新兵器で武装されて、暴動が勃発した際などは奴《やつ》らが動く。煽動《せんどう》した民衆を制圧するなど訳がない。これまでも無数のストライキや暴動が彼らに潰された」

ん、と焦《あせ》りの声が漏れる。

前世紀の市民革命の頃より、武器の殺傷能力は格段に向上している。革命の鎮圧に戦車や航空機が用いられずとも、機関銃などは持ち出されるだろう。

彼らを抑えなければ、せっかく大衆を煽ろうとも鎮圧される。

「三つ――貴族。仮に国王を追放しても、暴力により勝ち取った政権が民衆に支持されなければ革命は終わらない。無政府状態になるのは僕たち共和国も歓迎しない。政治は自由派思想の代議院議員に任せるとしても、混乱を収束させるシンボルは不可欠だ」

大きな息が漏れた。

革命を終わらせる最後の仕事は、ディン共和国のスパイには担《にな》えない。共和制に移行するにも、新たな立憲君主制を始めるにも、誰か政治を運営し、そしてディン共和国に友好的な存在を立てる必要がある。

「民衆、親衛隊、貴族――この三つを仲間にすれば、革命は成功する」

達成できれば『ニケ』は無力化でき、《暁闇計画《ノスタルジア・プロジェクト》》の全貌を手に入れられる。

口にするのは簡単だが、かなり困難な道のりだ。

全く属性も異なる三つの集団を一つに。これまでの任務とはスケールが段違い。

多くの少女たちが慄いていると、グレーテが頷いた。

「ボスの意図は、分かりました……」

聡明《そうめい》な彼女は静かな視線をクラウスに向けている。

「つまり、わたくしたちは四つに分かれる……。

——『ニケ』と直接闘い、正面から《暁闇計画》を手に入れることを目指す班。

そして、そのプランを囮《おとり》に、革命を企てる三つの班。

——多くの民衆を味方につけ、革命を煽動させる班。

——国王親衛隊と接触し、革命を支持してくれるよう工作を行う班。

——革命に賛同し、混乱を収めてくれる貴族らと繋がり、革命を終結させる班。

これで間違いないでしょうか？」

「便宜上『ニケ班』『煽動班』『籠絡班』『終局班』と呼ぼうか。二人一組になり、ライラット王国で活動する」

その後、クラウスはそれぞれの担当メンバーを発表した。納得の組み合わせもあれば、本当に大丈夫か心配になる組み合わせもあったが、少女たちは受け止めた。

最後まとめるようにリリィが勢いよく立ち上がった。

「やることは明確ですね。全員バラバラでも、それぞれの場所でベストを尽くす」

リーダーとして威張るように、ふふん、と鼻を鳴らし、他の仲間を見つめる。

「次に全員集合する場所は、革命を成功させたファグマイル宮殿ですよ」

いつもらしい能天気な発言だったが、それは『灯《ともしび》』の共通認識になった。

──『全員集合は、革命成功後の宮殿』

離れ離れになった一年間で、エルナは幾度となく励まされてきた。

会えなくても『灯』は一つの未来に向かって、邁進《まいしん》している。

『煽動班』──国民を革命に導くために、己の役割を果たそうとしていた。

◇◇◇

首に下げた無線機からアネットの無邪気な声が聞こえてくる。

《爆破、十秒前ですっ‼》

「……はい？」

《八、七、六、五、四、三、二、一……！》

「の、のおおおおおおおおおおおおおおっ‼」

全力ダッシュをエルナは決め込んだ。

置いた爆弾から慌てて離れ、建物の塀を飛び越えたところで爆発音が響く。

ほとんど爆風に後押しされるタイミングで、エルナはレンガの塀を乗り越えて、前のめりに転んで、顎を地面に打ち付けた。

ライラット王国の首都から南西五十キロ地点の街で白昼、行われた爆破だ。

簡素な塀で囲われた建物の壁は破壊されている。もうもうと黒い煙が立ち上り、建物内から面食らった表情の男たちが逃げ出していた。幸い怪我人《けがにん》はいないようだ。

人が駆けつける前にエルナはすぐに現場から離れていった。

路地を進み、小型バイクに跨《また》がって待機する相棒に近づいた。

「お前お前お前お前お前お前ええええええっ！」

大股で近づく勢いのまま頭突きを食らわせ、大声で叱責する。

「爆破十秒前に知らせるバカがどこにいるの⁉」

「エルナちゃん、まずは逃走ですよっ‼」

鼻を押さえたアネットは反省の素振りもなく笑っている。

まだ小言は伝えたかったが、彼女の背中にしがみつくようにバイクに乗った。

二人乗りするならもっと大きなバイクがいいのだが、それだとアネットがうまく運転できないのだ。主に背丈の関係で。

「作戦大成功ですねっ！」

バイクを軽快に走らせ、アネットがケラケラと笑う。

「収容所の外壁が破壊されたようですっ！　逮捕されていた同志の救助は達成！　これで『デック』さんと『ブロット』さんの脱走は成功です！」

「……こんな派手によかったの？」

「んー？　いいんじゃないですか？」

アネットはエルナの方を振り返りながら、能天気に白い歯を見せてくる。

どう答えていいのか分からないまま「前を向け」とだけ伝えた。

「お次は、パンフレットを市外に運び込むお仕事ですっ！　俺様が発煙装置で鉄道を止めるので、その隙に客車にいる同志『ソノ』に渡してくださいっ！」

「れ、連続で任務なの!?」

「まだまだありますよっ！　夕方にはジュッカー西役場から労働証明書をパクってきて、夜は陸軍の同志『エッグタルト』さんから、小銃の受け取りがあります！」

ハンドルを握りしめ、矢継ぎ早にこれからの予定を語るアネット。

風に煽られる前髪を整えながら、エルナは小さく息を吐いた。

「なんだか、お前がいつもより活《い》き活《い》きしているの……！」

「俺様っ、ぶっ壊すのは大好きですっ！」

ご機嫌に答えるアネット。

今二人が行うべき任務は、山ほどある。収容所にいる同志の脱走補助。パンフレットの輸送や配布。街頭に張り紙。身分詐称のための証明書偽造。遠方にいる同志に情報伝達。新たな印刷業者の開拓。上流階級からの資金調達。武器の輸送。

全て秘密結社『義勇の騎士団』の活動だった。

◇◇◇

「――秘密結社『義勇の騎士団』は情宣活動を主にしている」

出会って初日、ジャンはエルナたちを学生寮に案内してくれた。

ピルカ南西の十四区は『学生街』と呼ばれるほど多くの学生寮が立ち並んでいる。自身の子孫にこの美しい国で教育を受けさせようとした世界各国の富豪たちの寄付により成り立ち各国の国際色溢《あふ》れる学生寮がひしめくのだ。

五階建ての伝統ある石造りの建物は、とてもじゃないが秘密結社のアジトには見えない。入居者は男性限定らしく、中はかなり散らかっている。

『創世軍《そうせいぐん》』もこんな場所に、地下秘密結社があるとは露ほども思わないだろう。

「メンバーは主に、五区内の四つの大学の学生から構成されている。摘発と再結成を繰り返して、今や学外にも多くの同志がいるよ。教授、印刷業者、警察や鉄道員、役人……とね。ビラやパンフレットを発行し、国中に配布している」

一階にある寝室に通されると、二つの二段ベッドの間にある絨毯《じゅうたん》をズラした。

大きな穴が空いており、地下空間に繋《つな》がる梯子《はしご》が立てかけられている。

「建築学科の同志が設計した」

ジャンが得意げに語っている。

「こうやって抜け道や隠れ家があるのは、学生寮だけじゃない。大学の方にもオレたちしか知らない空間が無数にある。キミたちにはまだ明かせないけどね」

地下に降りていくと、思いの外《ほか》広々としていた。二部屋もある。壁はしっかりと柱で補強されており、崩れる様子はない。通気口もあるのか空気は籠っていなかった。

エルナの見込み通り、潜伏先としてはこれ以上ない場所だった。

「……何日匿《かくま》ってくれるの？」

「七日間は籠っていい。『創世軍』だって恒久的に捜査できるはずがないんだ。手がかりがなければ、国外に逃亡したとでも思うんじゃないかな？」

「そんな甘くはない。変装用の道具や新しい身分証は要るの」

「要求してくるね。でもオレたちは活動家であって篤志家じゃありませんよ。七日分以上の食料や逃走用の道具を無償で与えるわけにはいかないな」

ジャンは挑発的なウィンクをした。

「――キミたちの優れた技術を存分に発揮してもらおうかな」

その後、エルナたちは髪を染め、ライラット王国各地でコキ使われる羽目になる。

七日間地下に籠った後、九日間、元気よく反政府活動をこなした。

◇◇◇

違法合法問わない、たくさんの仕事をこなした後でエルナたちは大学寮に戻った。

玄関で出迎えたのは、満面の笑みのジャンだった。九日ぶりの再会だ。

「アーモンドを食べるには殻を割らねばならぬ」

この国のことわざか何かを引用し、拍手を送ってくる。何事もやらねば始まらない、という意味だろうか。聞こうかと思ったが、疲れ果てていて声を発する気力もなかった。

「パーフェクトです！　予想以上の働きだ！　まさか全部こなしてみせるなんて！」

ジャンはニコニコと腕を開いている。

「凄《すご》いな。一つや二つくらいは取りこぼすんじゃないか、と思ったのにね」

「これくらい慣れっこ」

「いや、正直オレよりも凄いくらいさ。まいったな。代表の立場がないや」

「どうもなの……」

とりあえずはベッドで眠りたい。地下一階の隠れ家に降りようとしたところで、ジャンに「そっちじゃないですよ」と引き留められる。「今日は五階へ」

の、と呟《つぶや》きながら彼の様子を観察する。

これまでジャンの学生寮は、一階と地下しか出入りさせてくれなかった。自身には明かしていないだけで、まだ他に秘密があるようだ。

不思議そうに瞬《まばた》きをするアネットと一緒に、ジャンに従う。

「『義勇の騎士団』は基本、四人一組で行動しています」

階段を上がりながら解説してくれる。

階上からは何か人の話し声が聞こえてきた。

「お互いを守るためです。横の繋がりは一切なく、構成員の大半は互いの顔さえ把握していない。基本コードネームで呼び合っています。オレでさえ全員把握していない」

「……む、徹底している」

「ただし幹部同士は別。寝食を共にする、絶対裏切らない同志だからさ」

そうジャンが言い切ったタイミングで五階に到達した。

男子大学生ばかりのせいか、脱ぎ散らかした服やお菓子の包装紙が散乱しているフロア。しかし、注意深いエルナは、ゴミに紛れて仕掛けられた奇妙なピアノ線に気がつく。侵入者を感知するためのトラップ。

「なるほど、五階は……」

「そう――『義勇の騎士団』の幹部たちだけが立ち入りできるフロア」

廊下には、三十人以上の若者たちが集まっていた。

男子寮ではあるが、女性も混じっている。大学職員らしきスーツ姿の者もいる。皆、やってきたエルナとアネットに温かな微笑《ほほえ》みを向けている。

廊下の中央にはテーブルが置かれ、ワインボトルとチーズなどが並べられていた。

「さぁ！　今日は歓迎会だ！　我々に心強いレディが加わった！　我々が要求した課題を満点でこなした、前代未聞《ぜんだいみもん》の才女たちだ！」

ジャンの号令と共に、一斉に歓声が沸き上がった。

彼らは皆、エルナとアネットの活躍を既に聞かされているらしい。拍手と共に迎え入れられ、ワインやナッツを勧められる。

エルナたちがこなした仕事は、入団テストでもあったようだ。

あっという間に学生たちに取り囲まれ、賞賛の言葉を続々と投げかけられる。

「たった一週間で多数の成果を挙げたんだろ?」

「そうとも! 僕たちを収容所から助け出してくれたんだ!」

「あの眼帯の子は、印刷機を改良してくれたの」

「かつて王政府を恐れて、ディン共和国に亡命した子どもが革命家になって戻ってくるなんて——あぁ、なんて素晴らしいんだ‼」

もちろんジャンたちには、エルナたちの正体を明かしていない。

ライラット王国出身ということにしている。中流階級に生まれたが、『創世軍』に目をつけられ、親戚を頼って国外逃亡せざるを得なかった。復讐《ふくしゅう》を誓い、ディン共和国の陸軍情報部で諜報《ちょうほう》技術を磨き、この国に再び舞い戻った、と。

面映《おもは》ゆいが、歓待に悪い気はしなかった。

既にアネットが得意げに発明品を自慢している。

「俺様、新しい通信機を開発してやりましたっ！」

テーブルに土足で立ち、どや、と言わんばかりに胸を張っている。

その周囲では、大学生たちが手を叩《たた》いて歓迎している。

「天才児だっ！」「すごい！　こんな人材がほしかった！」「小さいのに！」「まだこんなに幼いのに！」「小さいのに優秀なんて！」

幼い年齢も歓迎してくれた要因らしい。幹部たちは大学生ばかり。きっと妹や後輩のような存在なのだろう。

が、アネットは舌打ちをした。

「今、俺様を『小さい』って言った奴《やつ》は、漏れなくぶっ殺します！」

「「「すみませんでしたあああっ!!」」」

勢いよく謝る大学生幹部たち。頬を膨らませるアネットにへりくだって、アネットが大学の機材で改良した通信機を分けてもらっている。

意外にアネットもうまくやれているようだ。

それを見届けると、エルナは歓迎会の中心から離れ、ジャンの隣に移動した。

「これでワタシたちも幹部ってことなの？」

「そうだね、仮幹部ってところかな」

ジャンはチーズを齧《かじ》りながら、愛想《あいそ》よく答えた。

「Cランク程度の機密情報なら明かせる。何か知りたいことは？」

「これまで発行した機関誌を全部、見せて」

ジャンはすぐに地下倉庫から取ってきた。機関誌『誉れ』。十ページほどのパンフレット。過去に数十冊発行したらしいが、摘発されたことで廃棄されているものも多い。

現存している機関誌は五冊という。

王政府が過去に行った過《あやま》ちの数々。税金の私的利用、貴族や王族が起こした傷害事件のもみ消し。政策の失敗により困窮する人々、ムザイア合衆国で散財している官僚の痴態、そして王政府の憲法違反を訴えた法学者が殺された事実。

よくネタを集められていると感心すると共に、インクの付き方が気になった。

「……機械印刷？」

「目の付け所がいいですね」

ジャンが、よく理解してくれた、と頬を緩める。

「学生寮の地下拠点で原稿を書き、複数の組版工場でバラバラに組版を作り上げ、印刷工場でようやく一つになります」

「ん、凄い。手作業で印刷している結社も多いのに」

「ガリ版を用いた、謄写《とうしゃ》版印刷ですね。先代はそうでしたよ。オレには親父《おやじ》の伝手《つて》があったから機械印刷に漕《こ》ぎつけられた」

「……それに、この紙についた痕」

「ホントよく気づきますね。一部のパンフレットには隠顕インクを用いて、特別な指示を送れるようにしている。頭痛薬とアルコールを混ぜた特製のインクさ」

「…………………」

「何か気になることでも?」

「いや」失礼にあたるので言おうか迷いつつ、告げた。「率直に驚いた」

「何が?」

「随分としっかりしている。予想よりもずっと」

彼らの活動の仕方は、諜報機関のやり方だった。

時折学生くさい危うさはあるものの、組織編成や個人情報の取り扱い、トラップなどかなり巧妙だ。警察や役場に協力者を作っているのだから求心力もあるのだろう。

エルナが感心していると、ジャンがぽつりと呟いた。

「『LWS《ラヴィス》劇団』——伝説の秘密結社が広めた手法です」

唐突に耳慣れない言葉が聞こえた。

エルナは首を捻《ひね》る。聞いたことがない組織の名だった。

「なにそれ」

「さぁ？」

「さぁって……」

「謎が多いんです。かつて存在したことは間違いないですが、残念ですが既に壊滅したそうです。そして彼らが具体的に何をしたのか、誰も分からない」

ジャンもよく分かっていないのか、掌を上に見せている。

「じゃあ、なんで伝説扱い？」

「それも謎ですよ。ただ、ライラット王国の秘密結社に大きな影響を与えたと言われている。界隈《かいわい》じゃ有名ですよ。派手好きで最高の秘密結社、だと」

「……でも彼らが何をしたのか、誰も知らない？」

「そのミステリアスな雰囲気も魅力なんです。もう存在しないのが残念だ」

けむに巻かれた心地だ。クラウスが知らなかった以上、最近生まれた秘密結社だろう。

とにかく、この国の秘密結社の歴史は長いらしい。多くの組織が生まれては消えていった。それだけ革命を達成するのは困難なのだろう。

エルナは、険しい表情のジャンを見つめる。

どうしても聞かねばならなかった。

「『義勇の騎士団』の最終目標は？」

「聞かなくても分かるでしょう？」

ジャンはおかしそうに頬を緩めて、目の前にいる幹部たちを示した。

「左端でワインを飲んでいる法学部の学生『ネイブ』は、叔父が『創世軍』に拘束されている。キミが救い出した『デック』は機械工学部で、オレの右腕。父はガルガド帝国民。それが理由でスパイ容疑をかけられたこともある。手前で通信機を試している女性の『ブロット』は実家の農地が国に取り上げられた過去がある。隣の大学職員の『スカート』の父親は元警察官で国王親衛隊の意向に逆らった途端、退職に追い込まれた」

語られたのは王政府から虐げられた痛みだ。

王政府に守られた貴族や諜報機関に家族や自身を傷つけられた人々。一見、ただの大学生たちのようだが、皆強い想《おも》いを抱えているらしい。

ジャンの父親も『創世軍』に拘束されている。

「幹部全員が即答できる——王政府の打倒だ」

強く告げられた言葉に、嘘《うそ》の色は混じっていなかった。純粋な愛国心。

そこでジャンは恥ずかしそうに首の後ろを擦った。

「ただ、現状は全然ですね。機関誌配っているだけだから当然だけど」

「うん、そんなに甘くない」

彼も情宣活動だけで革命が起きるとは思っていないようだ。

たかがパンフレットを配った程度で社会が変わるなら苦労はしない。

「小さな汚職を暴いているだけだからな。国内の反政府の気運が一気に高まり、各地の秘密結社が連帯するようなスキャンダルが、いつか摑《つか》めればいいんだけど――」

「大丈夫」エルナは頷《うなず》いた。

「ん？」

「そのためにワタシが来た。ここにいる幹部全員より優秀なワタシが」

下働きで終わるつもりはない。

これはエルナにとって革命の第一歩だ。『義勇の騎士団』に潜伏しながら、活動を広げ、他の秘密結社と繫《つな》がり国民を革命へ煽動する。やがて親衛隊や貴族たちを懐柔した『灯《ともしび》』のメンバーと繫がり、革命を成し遂げる。

「何かできる仕事はある？　いつかじゃない。今、革命を果たすために」

「……そうだね、キミたちならできるかも」

エルナの強気の発言を、ジャンは否定しなかった。熱のある眼差しで見つめてくる。

「フリードリヒ工業地帯で起きた、爆発事故。その調査をしてもらいたい」

◇◇◇

歓迎会の後、ジャンはエルナたちを一人の女性と引き合わせてくれた。

ニコラ大学の医学部に通っている彼女は地下の拠点で「これが二週間前の地方紙です」と新聞記事を示した。

発行部数の乏しい地方新聞。その端に掲載されている記事。

――『フリードリヒ工業地帯の炭鉱で原因不明の爆発』

ライラット王国とガルガド帝国の境にある都市で起きた事件だ。

地域住民は夕方頃に、突如鳴り響いた爆音と、強い光に一瞬照らされた空を証言している。炭鉱の方角であったと幾人かが同じ情報を口にしている。

これだけなら、大したものではない。

「そして、これがこの翌日に報じられた県知事の受け答えです」

続けて見せてくれたのは、同じ新聞の翌日の記事。

――『県知事「工業地帯で事故の報告はない」デマに対する注意喚起』

工業地帯を統括する県知事が、事故を全面否定している。

かなり強い証言だ――炭鉱や警察から事故などの連絡は来ていない。全ての炭鉱は安全に問題なく稼働《かどう》しており、爆発などないし、あってはならない。

「なんで、ここまで……？」

さすがに首を捻《ひね》った。

ジャンがせせら笑うように口元を歪《ゆが》める。

「あからさまな隠蔽ですよね」

「いや、にしても――」

「あの工業地帯は、王政府が直接管轄する土地だ。不名誉な事故などあってはならない。王政府から圧力がかかったんだろう。県知事なんて所詮、政府が派遣する官吏だからな」

そういうことだろうか。この県知事の態度は異様すぎる。

ただの隠蔽にしては、大げさだ。

「……この記事を取り上げた記者とは連絡が取れる？」

「既に拘束されている。スパイ容疑の罪で」

ジャンが残念そうに首を横に振る。

一層、怪しさが増した。県知事や王政府はこの爆発事故を徹底的になかったことにしたいようだ。新聞記者ごと消すくらいに。

ジャンが紹介した女性が小包を取り出した。

「あの工業地帯には、我々の仲間も多くいます。これは、爆発事件の直前、ベルトラム炭鉱群に潜入していた『ダイス』という仲間が送ってきたものです」

机の上で小包が開封される。

中にあったのは、掌《てのひら》サイズの金属の塊。

「送られた時は、もっと煤《すす》のような黒っぽいもので汚れていました」

エルナはその金属を摑《つか》みあげ「素材は銅？」と判断する。

どうやら銅をハンマーで叩《たた》いて延ばして作った、レリーフのようだ。翼を象《かたど》ったように見える。照明に反射し、鈍く輝きを放っていた。

「この変なのは何なの？」

「オレが作ったんだけどな」ジャンが照れくさそうに言う。「翼は『義勇の騎士団』のシンボルだ。過酷な任務地に潜る親友に渡したんだが、なぜか現地から戻ってきた」

「何かの暗号ということね」

「だろうな。フリードリヒ工業地帯では、労働者が出す郵便物は全て検閲される。怪しまれないよう対策したんだろうが……伝わらないと意味がないな」

無念そうな言葉が紡《つむ》がれる。

「――その彼も失踪した。別の仲間からそう報告があった」

失踪した男はジルベール＝ルデュクという名らしい。

年齢は二十四歳。ニコラ大学に通う学生の兄で、『義勇の騎士団』の理念に共感し、王政府の悪行を暴《あば》くためにフリードリヒ工業地帯に潜伏していた。ジャンとは幼馴染《おさななじみ》で、よく革命に向けた議論を熱く交わしていたようだ。

そんな彼から届いた――汚れた、銅の翼。

「……確かに気になる。あまりに政府の動きがキナ臭い」

謎の爆破事件、それを否定する県知事、取り上げた記者の拘束、工業地帯に潜伏していた仲間の失踪、彼が直前に返却した『義勇の騎士団』のシンボル。

エルナは小さく頷いた。

「調べてみる価値はありそう。何か王政府にとって大きな弱みがあるのかも」

「同感だ。元々訳アリの土地だ。もし王政府の弱みを詳《つまび》らかにできれば、革命を成す大きな原動力になる。危険だが、キミなら任せられるかもしれない」

ジャンは得意げな表情で、先ほど見せられた機関誌を掲げた。

「手に入れた情報は、オレたちが責任をもって国中にばら撒《ま》く」

「……ん、やってみる」

彼らの目的意識は、クラウスがエルナたちに命じた役割に近い。大衆の煽動《せんどう》。王政府を糾弾する情宣活動に徹すれば、本当に革命が成せるかもしれない。

フリードリヒ工業地帯。ジャンが訳アリと評したように、そこには別の名がある。

行くしかないだろう。

「――『世界大戦を生み出した工場』」

◇◇◇

フリードリヒ工業地帯は、元々ガルガド帝国の領土だった。

良質な石炭や鉄鉱石が採れる土地らしい。産業革命が始まると、当時のガルガド王国は国策として開発に取り掛かり、コークス工場や製鉄所を作り、王国屈指の重工業地域として発展させた。やがて王国が領土拡張を始め、帝国という名を冠するようになった際、この工業地帯で多くの兵器が量産された。

この工業地帯が帝国主義を推し進めた。ひいては、世界大戦を生み出した。

終戦後、この地域を警戒するライラット王国は、国際社会が仰天する暴挙に出た。

――軍隊を差し向けて占領したのだ。

賠償金の支払いが滞ったため、という名目だ。前王ブノワ国王が指示したとされる。

この暴挙は、当初国際協調の路線を取っていたフェンド連邦をはじめ多くの国から批難されたが、ライラット王国は「我が国が大戦で最も死者が出たこと」「その賠償金の支払いを遅滞するガルガド帝国は許されぬこと」と抗弁し、聞き入れなかった。

王政府はフリードリヒ工業地帯を支配し、国民を移住させ、労働させている。


このような歴史的背景があるため、工業地帯には軍隊が常駐している。

特に工場や炭鉱に出入りするには煩雑な手続きが必要で、出入りする物は全て軍がチェックする。銃はもちろん通信機の類なども基本、持ち込めない。

幸い『義勇の騎士団』には伝手《つて》があるらしかった。

過酷な労働現場という噂《うわさ》があるため、その事実を暴くために調査の手を広げていたようだ。炭鉱や工場に同志が潜伏しているらしい。大がかりな活動はできないが、ちょっとした手伝いくらいは担《にな》ってくれる仲間が数人いるのだ。

スパイの技術さえ用いれば、多少の通信機や道具程度なら持ち込めるだろう。

一週間足らずで炭鉱現場でのアネットやエルナの雇用は決まり、新たな身分証明書を発行し、問題なく潜入できる目途が立った。

「俺様っ、炭鉱で労働なんて勘弁ですっ！」

「や――――――る――――――――――のっ！」

「俺様っ！　どう考えても大変すぎると思いますっ！　絶対に嫌です！」

「うるさいのおおお！　仕方ないのおおおおっ！」

「うぐあああああああっ‼」

「のおおおおおおおおっ！」

「むっきいいいいっ！」

柱にしがみつくアネットの足を引っ張り、エルナたちは任務地に発《た》った。

ライラット王国首都から鉄道を乗り継ぎ、半日。

ガルガド帝国との国境付近――と表現していいのか、判断に困る。国際上ではガルガド帝国の領土をライラット王国が占領している形。

途中所持品の検閲を受け、駅から専用のバスに乗ると、目的地に辿《たど》り着いた。

ベルトラム炭鉱群――爆発事故が起きたとされる場所。

「うおおおおおおおっ！　俺様っ、すげえええもの見ています！」

到着すると、嫌がっていたのが嘘のようにアネットが嬉《うれ》しそうな顔で飛び跳ねる。

赤い巨大な竪坑櫓《たてこうやぐら》が立っている。高さは四十メートル級。巨人の足のような太い柱。塔の上部には、大きな巻上機があり、鈍い音を立てて稼働している。地下で掘り当てた石炭を地上に運ぶための機械だ。櫓《やぐら》の下には、深度八百メートルの地下空間が広がっている。

驚くべきは、その赤い櫓と同じ機械が視界の奥にも二つあることだ。

小高い山を切り開くように、無数の炭鉱が存在するらしい。

「ここでは現在、十二の採掘坑が稼働している。今見たのは、第十二採掘坑」

作業着を着た女性が案内してくれた。

エルナたちの上司を名乗る、中年の女性だった。

「労働者は、全員労働者用の宿舎で生活する」

「皆、ライラット王国の人なんですよね？」

エルナの質問に、女性は「そうよ」と返答した。

「元々働いていたガルガド帝国民は追い出したの。で、国中で労働者を徴用して、ここに連れてこられたって訳。アタシも五年前からここにいるわ」

「なるほど……」

「ま、労働環境は最悪だけど、衣食住には困らないから」

女性は自嘲するように口元を歪める。

「二人には洗濯をしてもらう」

タバコを吸いながら歩く彼女に連れられて、ボロボロの建物に案内された。

先日まで大学の学生寮で暮らしていたが、それよりもいっそう酷《ひど》い。漆喰《しっくい》が塗られた壁の至る所にヒビが入っている。

その隣にあるのは、小さな作業場だという。浴槽のような、巨大な洗濯機が並んでいる。

「労働者八千人分の作業着とシーツを洗うから」

膨大な量に思わず、のー、と呻《うめ》いてしまう。

アネットもまた、やはり来たことを後悔するようにダルそうな顔をした。

「それから自分の担当するエリア以外は入れないから」

「はい？」

「炭鉱は1から8までのエリアに分かれている。ケーキみたいに八等分。ただ今ここにいる第1エリアは他のエリアよりも大きくて、中心も第1エリア。労働者は第1エリアを経由して他の場所にいけるってわけで、今から入るのが……えぇと、第3エリアか。胸につけられたプレートに書かれた番号以外は入っちゃダメ。これがこの炭鉱群のルール」

奇妙なルールに思わず瞬《まばた》きをしてしまった。

エルナに渡されたプレートには「1・2・3・6」、アネットのプレートには「1・3・7・8」と記されている。上司の胸にも「1・4・7・8」と記されたプレート。

事前に知らなかったルールを聞かされ、当惑してしまう。

「それから私語も禁止だから」

上司の女性はエルナたちを現場に引き渡すと、すぐに立ち去っていった。

余計な説明さえ、禁じられているように。


予想していたことだが、炭鉱での労働は過酷だった。

十日間、エルナとアネットは休みなく働いた。

採掘坑に潜って作業する男性労働者の負担とは比べ物にならないだろうが、だからといってエルナたちの仕事も楽ではない。一日の洗濯は、三千人分。他の労働者と協力し宿舎で脱ぎ捨てられる作業着を回収し、それを洗濯場まで運ぶ。水を吸った重たい衣類を乾燥機まで移動させて乾かし、最後にアイロン。そして各宿舎に戻していく。重労働だ。

一日の労働時間は、十時間を超える。

初日に女性用の宿舎に戻った時は、ベッドに入るなり熟睡してしまった。

これを毎日行う、他の女性労働者には敬意を捧《ささ》げるしかない。

無論、任務についても忘れない。

洗濯を終えた大量の作業着を台車で運びながら、エルナはベルトラム炭鉱群の地図を脳内に作り上げていた。機密情報に関わるのか、詳細なマップは上司から渡されていない。

かなり広大な敷地《しきち》で、端から端までは二キロ以上ある。

採掘坑がある場所以外は木が生い茂り、見通しが悪い。

――ここのどこかで爆発が起きた。

まずは場所を特定せねば始まらない。

しかし、事故現場を調べる上で、それを阻《はば》んでくる障害があった。

「おい、ここで何をしている？」

一つは国王親衛隊だ。炭坑内を歩いていたところ背後から声をかけられる。

ガルガド帝国の領土を占領している状態で軍隊を置かない理由はない。脇に小銃を構えた治安部隊の軍人が二人一組になって、炭鉱を巡回している。

「お前の番号はこっちには入れないだろう。すぐに戻れ」

叱責の声をかけられ、エルナは振り向いて頭を下げた。

阻む二つ目は、プレートの縛りだ。

このせいで、エリアの半分は入れない。自由に行き来ができずに調査が進まない。エリアの境目は金網で仕切られている。

「すみません。新人なので宿舎への道が分からなかった」

「……こっちだ。余計な真似《まね》はするな」

煩わしそうに顎で正しいルートを示してくる軍人たち。

気持ちのいい態度ではなかった。再び頭を下げる傍《かたわ》ら、所持品を確認する。

（……彼らが国王親衛隊……異様な雰囲気なの……）

彼らの胸元では、金色の荘厳《そうごん》なバッジが光り輝いている。そして彼らには数字が記されたプレートはない。

第5エリアに入る直前だったが引き返す。

なぜだか絶対に近づくべきではない予感が胸に渦巻いていた。

もちろん聞き込みも忘れない。

他の労働者にさりげなく事故のことを尋ねる。

例えば、夕食後に一時間だけある自由時間。この時は唯一、私語が認められている。

第2エリアにある女性宿舎にエルナは寝泊まりしており、ここでの自由時間は食堂でトランプが定番だ。現場では若いこともあって、エルナは可愛《かわい》がられた。

「ふと噂を耳にしたんです」

世間話に織り交ぜて、エルナは質問する。

「三週間程前、何か事故があったんですか？　労働者たちが、すごい爆発音が響いたって……ちょっと不安になって…………」

隣に座る女性が、カードを配る手を止めた。

「さぁ？　なんのこと？　知らないけれど」

「え？　でも、誰かが――」

「あまり不満は言わない方がいいよ。この時代、職があるだけで幸せなんだから」

テーブルに座る他の女性も困ったように肩を竦めた。

そして話を変えるように、顔のいい男性労働者の下世話な話で盛り上がる。エルナも話を合わせるように、見も知らない男を持ち上げた。

彼女たちのプレートは「1・2・3・4」と「1・2・3・8」。


別の日には昼食休憩の時間を利用した。

大きな音を響かせる洗濯機のすぐ横で、配られたサンドウィッチを齧《かじ》り、隣で黙々と食事を摂《と》っている労働者に笑いかける。陰鬱な目をした同年代の少女。

「毎日毎日、なんでこんなに服が汚れるのかな？」

精一杯の親しみを込めて口にする。

「時々服に血がついている。やっぱり炭鉱は危険なのかな？」

「さぁ？」返答は短かった。「擦り傷くらい負うでしょ」

「きっと大変なんだろうな。もしかしたら事故のようなものが——」

「知らない。あと、私語は禁止」

取りつく島もなく、少女はエルナを避けるように立ち上がった。

彼女のプレートは「1・3・4・6」。

その後もできる限り慎重に聞き込みを行ったが、情報は得られなかった。

人気《ひとけ》のない場所でさりげなく、他の会話に挟むように口にしたが、全員が「知らない」と口を割らない。ナンパ目的で声をかけてきた男性労働者に尋ねても同様の答えだ。皆、素っ気ない返事をして、すぐに話を変えてしまう。

これ以上は控えた方がいいか、と考えていると、一人の女性と仲良くなった。

長い髪の蒼白《あおじろ》い顔をした女性労働者だ。過去に事故にでも遭ったのか、両腕に切り傷の痕がある。長い前髪から覗《のぞ》く瞳には、どこか生気がなかった。

同じ洗濯場で働くので、彼女の方から親身に声をかけてくれた。

最後に一人だけ、という思いで事故を仄《ほの》めかすと、彼女は表情を変えた。

「あの……あまり妙なことを言わない方がいいよ。ここではね」

そんな控え目な答えが返ってきた。

これまでとは違う答えに、意識を集中させる。

「ワタシね、キミくらいの歳《とし》の妹がいるの。だから、もし何かあったらって……」

しゃべり過ぎたと思ったのか、あ、と声を漏らし、周囲を警戒するように見回した。誰もいないことを確認して、ホッとするように息を吐いている。

エルナは彼女をじっと見つめた。

「何か知っているんですか？」

「……さぁ、知らない」

「何か隠すよう命令されているんですか？」

「ううん……そんなことない……」

声は怯《おび》えるように震えている。

これ以上は追及できない。「分かりました」と頷《うなず》いた。

「ありがとうございます。困らせてしまい……もう詮索はしません」

そう笑顔を返すだけで精一杯だった。

彼女のプレートは「1・4・6・8」。

◇◇◇

労働者には週に一日だけ休日が訪れる。

エルナたちが働き出してから、初めての休日。炭鉱の敷地から離れるのは面倒な手続きが必要のため、第1エリアの芝生にアネットと寝転がった。

「つーかれたのおおおおおおおおおおおおっ‼」

思いっきり弱音を吐きだした。

疲労を訴えるのは、毎日大量の作業着を運ぶ腕だけではない。

——人見知りゆえの精神的疲労。

『灯《ともしび》』創設から二年が経《た》ち、成長したエルナはコミュニケーション能力を身に着け、完璧に聞き込みをこなせるようになった——ということはなく、初対面の相手にはいつもドキドキし、緊張している。

疲労困憊《ひろうこんぱい》なのはアネットも同じようで、両腕をあげながらプルプルと震えている。

「俺様あぁっ、腕がパンパンになってますううううぅっ！」

「もう一ミリたりとも動きたくないのおおおおおっ！」

「あばあああああああああああっ」

「ぬおおおおおおおおっ」

温かな日差しが降り注ぐ芝生の上で、二人は奇声をあげる。

通りがかった親衛隊の軍人たちに睨まれる。それを横目で確認しつつ、十分な距離を置いたところでエルナは囁《ささや》いた。

「…………聞き込みで分かった」

残念ながら、アネットとは職場も宿舎も違う。

自由に散歩できる休日が、情報交換ができる唯一の時間だった。

「──みんな、爆破事件のことは知っているの」

「俺様っ、全員、目線の動きが不自然だったと思いますっ」

どうやらアネットの聞き込みも同様の結果だったようだ。

明らかに何かを隠す素振り。口止めしているのは、まず間違いなく親衛隊か。

「やっぱり、ただの爆発事故じゃないようですねー」

アネットがけらけらと笑う。

「なの。ただ、これ以上の聞き込みはやめた方がいい。次に考える問題は二つ──」

エルナの言葉に、アネットも同意する。

「──爆発が起こった場所。そして、」

「──具体的に証言してくれる人ですねっ」

その二つを突き止められれば、政府が隠蔽しているものが明らかになる。

証言してくれる人は、『義勇の騎士団』以外から見つけなくてはならない。

先日昼食を届ける傍ら『義勇の騎士団』の同志と接触した。エルナたちをここに引き入れてくれた炭鉱労働者。彼は爆発については何も知らなかった。

『ボクは当時入院していて、具体的なことはあまり……』

すまなそうに目を伏せていた。

続けて『失踪した「ダイス」さんは？』と尋ねても、彼は首を横に振った。

『何も。ただ連絡が取れなくなっただけ。彼の名前さえ今、初めて聞いたくらいだ』

メンバーも革命に対する熱量は様々で、彼のように生活の中でささやかな支援をしてくれる人がほとんどだ。これ以上の協力は期待できない。

「やっぱり問題は、行けるエリアが限られていることだけれど――」

「ふふーん！」

悩みを呟《つぶや》いた瞬間、隣でアネットが起き上がり大きく胸を張った。

「それなら、俺様！　解決しました！」

「の？」

「偽造プレートです！　これさえあれば、どこにでも入れます！」

彼女がポケットから出したのは、番号が記されたプレートだった。しかも六種類。彼女いわく、他人のプレートを盗んで数字を書き換えたらしい。

思わず身を乗り出してしまった。

「す、すごいの！　アネット、ナイスなの！」

「俺様が人殺し以外できないと思ったら大間違いです！」

むしろ、そうじゃないと困るのだが、心からの安堵《あんど》の息が漏れた。彼女はエルナの言いつけ通り、人に危害を加えることはしていないようだ。

エルナはそのプレートを見つめ、ん、と声を漏らす。

「お前の働きは素晴らしいの……ただ、この『1・3・5・7』プレートは捨てるべき」

「ん？」

「第5エリアは、労働者が入れない。以前近づいた時、親衛隊に背後から叱責された」

プレートを確認するまでもない、ということだ。

ほぉ、と感心するような声をあげるアネット。

「そういえば、今まで5の数字は見たことがないですねっ」

「……すれ違った人間のプレートは記憶している？」

「当然ですっ。俺様、記憶力には自信がありますっ」

彼女はこれまで出会った番号を全部、あげてくれた。

その中でエルナが見たことがない番号は「1・2・6・8」「1・2・4・7」「1・2・4・8」「1・2・3・7」「1・2・7・8」「1・2・4・6」「1・3・4・7」

「1・3・6・8」「1・3・4・8」だ。

事故を隠蔽したがる炭鉱の管理者が、労働者たちの行き来を制限するシステム。

逆に言えば、ここに事故の現場を示す手がかりがあるかもしれない。

数字を頭の中で並べていると、正面玄関の方がやけに賑《にぎ》わしいことに気がついた。今日が休日である女性労働者が集まって、なにやら楽し気な声をあげている。

「ねぇ、凄《すご》い話を聞いたんだけど！」

近づくと、女性の一人がエルナたちに声をかけてきた。

興奮のせいか、声は上ずっている。

「たった今この炭鉱に『ニケ』様が来ているんですって！」

思わず息を呑《の》んでいた。

ライラット王国を守護する最強のスパイ『ニケ』が、エルナたちの前に現れる。

◇◇◇

ライラット王国に暮らす子どもが、親にきつく説かれる言葉がある。

【悪いことをすれば『ニケ』が来る】【『ニケ』はどんな噂《うわさ》話でも聞いている】

脅し文句になるほど、この国にとっては馴染《なじ》み深い存在。

それは、ただの恐怖の象徴ではない。ある種の畏敬さえ込められたエピソード。

まるで――神。

スパイという存在がここまで世界に浸透することなど、有り得ない。新聞に顔写真が掲載され、あらゆる意味で規格外の女性。

《どうしますか？》と目でアネットから問われ、しばし考え、結論を出す。

《会ってみたい》

目で訴える。

《なぜここに来るのかも気になるし、任務の最大の障害になる存在》

今のエルナは髪色を変えている。『創世軍《そうせいぐん》』を襲った人物がこんな炭鉱にいると、誰が思うだろうか。遠目で姿を確認するだけでいい。

アネットも止めなかった。

互いに頷き合い、他の女性労働者に混ざって、正面玄関の方へ足を動かした。

正面玄関の隣には、全面ガラス張りの近代的な管理施設がある。

その入り口付近では親衛隊に押し留められながら、百人近くの労働者が集まっていた。作業を抜け出してきたのか、作業着の男性もいる。

映画俳優でも来たかのような、賑わいだ。

エルナとアネットは目立たないよう、その集団の最後尾に立った。

タイミングよく歓声が沸く。

「ニケ様だああっ‼」「すごぉいっ！　本物っ！」「あぁっ、こっち見たぁ！」

ちょうど目的の人物が施設から出てきたようだ。

数人のスーツ姿の人間と共に、モデルのように背の高い女性が歩いてくる。彼女は群がっている労働者を見て「んー？」と嬉《うれ》しそうに瞬《まばた》きをした。

「随分と歓迎されている。人気者だね、オレは！」

強く目を見開いていた。

（あの人が『ニケ』……‼）

見た瞬間に、美しい、と感じてしまう。

ハイヒールを考慮しても、身長は百八十以上。つま先から頭頂部までピンと張ったような真っすぐな骨格だ。しかしワイシャツの上からでもハッキリ見える胸や腰などのラインは美しい曲線を描き、中世に油絵で描かれた女神を彷彿《ほうふつ》させた。繊細な筆で描かれたようにウェーブを描く金髪《きんぱつ》は強い日差しさえも凌《しの》ぐように煌《きら》めいている。

年齢は三十代半ば。これほど美しい女性は見たことがなかった。

『灯』にもティアやリリィのように整った容姿の者はいるが、それとも別格。

「うん、素晴らしい。こんな貴婦人や紳士たちに囲まれるなんて。この国に奉仕してきた甲斐《かい》があるというものだ」

ニケは満足そうに手を、自身の豊満な胸の上に置いている。

彼女の隣には、冴《さ》えない青年が付き添っていた。寝ぐせだらけの髪の陰気な男。顔は眠そうで覇気がなく、どこを見ているのかも分からない。両手をポケットにしまい、ニケの話を半分も聞いていなかったようで、んあ、と声を漏らす。

「えっ。あっ、そっすね……」

ニケは陰気な男の背中を抓《つね》り上げた。

「んひぃんっ！」男があられもない声をあげる。

「いつも言っているだろう、『タナトス』ぅ。返事はハッキリ、お仕置きだ」

「あんっ！　っ、あはぁん！」

「ほれほれ、婦女の皆さんが見ているよぉ？　痴態を見てもらいなさい」

ニケはにこやかな表情で『タナトス』と呼ばれた男の背中を抓り、『タナトス』は頰を赤くし、恍惚《こうこつ》の表情で声をあげている。

集まった労働者たちが突然始まったSMショーに唖然《あぜん》としていると、そこでニケは誤魔化すように苦笑した。『タナトス』の背を叩《たた》き、爽やかな笑みを浮かべる。

「せっかくだ、皆さんに挨拶しておこう」

彼女はコツコツとハイヒールを鳴らし、エルナたちの方に歩み寄ってきた。

幾人かの女性労働者が色めきだった声をあげた。

「初めまして、炭鉱群の素晴らしき労働者の皆様方。ライラット王国王政府 諜報《ちょうほう》機関『創世軍』――スパイマスターの『ニケ』です」

恭《うやうや》しく一礼され、最前列にいた労働者たちが呆然《ぼうぜん》とした声をあげた。

この国を支配する存在にしては、随分と腰が低いようだ。

頭を上げた彼女は、なぜか不愉快そうに眉を顰《ひそ》めた。首を傾《かし》げ、背後の部下に命ずる。

「――タナトス」

「はい？」

「皆さんのお顔がよく見えない。台になりなさい」

「…………はぃ」

タナトスは嬉しそうに、ニケの前で頭《こうべ》を垂れた。

躊躇《ちゅうちょ》なく、ニケは飛び上がるとタナトスの背中に上った。膝だけの動きで一メートル以上、跳んでいる。無論ハイヒールを履いたまま。

ニケは、部下の上で「うん、これで奥の方もよく見える」と満足している。

部下はハイヒールの踵《かかと》で背中を踏みにじられ、甘い吐息を漏らしていた。

（なんなんだ、この人たち……）

イメージと違う態度に困惑する。

どうやら理解しがたい趣味の持ち主らしい。少なくともタナトスの方は確実に。

（ただ、それ以上に驚きなのは――）

ニケの足元には、たくさんの労働者たちが押し寄せていた。

「アナタの武勇伝はいつも息子たちが胸をワクワクさせて聞いておりますっ」

「先月、爆破事件を防いでくれたビルに、私の家族もいたのです！」

「軍人だった夫が、アナタの情報で九死に一生を得たと聞きましたっ！」

投げかけられる賛辞の言葉の数々。

事前に知っていた情報ではあるが、実際に目にすると、心にさざ波が立った。

――ニケは、ライラット王国の英雄だ。

世界大戦終盤、ガルガド帝国を敗戦に導いた立役者の一人。それ以来、十年以上この国最高のスパイとして、首都を守り続けている。

工作員としては考えられない、圧倒的な人気。

彼女は一通り握手を交わし終えると、よく通る声で語り始めた。

「今日訪れた目的は、視察です。ガルガド帝国の工作員どもが、卑劣な手段をもって、この地を取り返そうと躍起になっているのでね」

彼女が喋《しゃべ》り出した途端、労働者たちは一斉に喋るのをやめた。

ニケの勇ましい声が響き渡る。

「今や王国の経済を支える、重要な拠点。帝国に傷つけられた美しい国土を回復するために、この炭鉱群は常に稼働《かどう》していなくてはなりません。それを支える皆様に最大限の感謝を。懸命に働くアナタたち一人一人が！　この国を救う救世主なのです！」

胸を張り、堂々と威厳を持って言葉が放たれる。

「そして安寧を脅《おびや》かす帝国のネズミは、オレが一人残らず拘束すると誓いましょう！」

労働者たちから弾《はじ》けんばかりの拍手が沸き起こった。

彼女の弁舌は巧みだった。

単語の一つ一つに、揺るぎない自信と情熱が感じられる。敵であるエルナでさえ、心が揺れ動くほどの。

たくさんの声援を投げかけられ、ニケは照れくさそうに頬をかいていた。

この親しみやすい態度も彼女の人気を支える一因か。

エルナは決して表情には出さず、憤《いきどお》っていた。

知っているからだ。この美女の裏の顔を。

――腐敗しきった王政府を守る悪魔。

彼女が指揮する『創世軍』の防諜《ぼうちょう》工作員たちが、国民に何をしているのかは知っている。刃向かう者には容赦なく拷問し、国王親衛隊を動かし反乱分子を摘む。

エルナは労働者越しに、静かな視線でニケを見上げる。

(認めるわけにはいかないの……)

脳裏にあったのは、あの下水の臭《にお》いが籠った通り。

殴られた、罪なきガルガド帝国民。アヘンに侵され希望を失った者の巣窟《そうくつ》。

(……本当に国を愛しているのなら、あんな惨状を見逃すはずが――)

「そこのガキ。誰に敵意を向けていやがる？」

ニケと目が合った。

空気が凍りついた。辺り一帯から光が失われたような錯覚。

「…………え…………」

自分に言っているはずがないと咄嗟《とっさ》に考えた。

エルナがいるのは、百人以上の労働者たちの最後尾。ニケがタナトスを台にしているとはいえ、背の低いエルナは他の労働者に埋もれてしまう。

十メートル以上離れて、人の肩と肩の隙間からニケを観察していただけなのだ。

だが、ニケの見開かれた瞳は、ハッキリとエルナに向けられている。

「一ミリも隠せてねぇよ」

「――――っ‼」

全身から汗がどっと溢《あふ》れる。失態を自覚するが、あまりに手遅れ。

逃げ出したくなるが、震えだす膝がそれを許してくれない。

他の労働者たちは唐突なニケの変化に困惑するように首を傾《かし》げている。その平和な仕草

が納得できない。

――ニケは百人以上の群衆の中でエルナのみに殺気を向けている。

スパイを萎縮させ、悪足掻《わるあが》きさえ諦めさせる殺気。

隣にいるアネットも動けない。気配を消すことに専念している。正しい選択だ。仮にニケが襲い掛かってきても、なす術《すべ》はないのだから。

――詰んだ。

たった一瞬の過《あやま》ちで全てが崩れたことを悟る。

ニケの視界に入った――たったそれだけで『愚人』というスパイは終わる。

重圧に心が挫《くじ》けそうになった瞬間、ふっとニケが視線を外した。

「――すみません、取り乱してしまい」

戸惑う労働者たちを落ち着かせるように、小さく頭を下げる。

「悲しい事実ですが……一部の国民が王政府を恨み、そして王に仕えるオレを恨んでいることは把握しております。王は聡明《そうめい》ですが、全知全能ではない。残念ですが、全ての国民をあまねく救うには時間がかかる。特に大戦の傷が残る今の時代では。炭鉱での労働はとても大変なものです。憤りもあるでしょう」

力不足を嘆くように目線を下げ、すぐに顔をあげて微笑《ほほえ》む。

「それでもいつの日か、皆さんのご理解が得られるよう、尽力しますよ」


語りかけるように紡《つむ》がれた言葉に、今日一番の拍手が沸いた。

ギリギリで見逃された事実を悟る。

殊勝なニケの態度に感激し、涙を流す労働者たち。

そんな群衆を見て、ニケは小さく頷《うなず》いて部下の背から降りた。

「タナトス、行こう。彼らから元気をもらえたよ」

「……はぁ。良かったですね」

「なんだい？　踏まれ足りないなら、あの嬢ちゃんに頼んできたらどうだ？」

「えっ、いやっ……ぼくは、ニケ様一筋で……」

「ふふ、だからこそ興奮するんだろう？　しっかり軽蔑してあげよう」

「はうっ……！」

部下の背中を抓りながら立ち去るニケたち。

彼らを眺めながら、エルナは言葉を失っていた。

◇◇◇

逃走――他に考えられなかった。

とにかく逃げる！

一目散に逃げる！

なりふり構わず、逃げる！

できる限りの時間稼ぎは行った。宿舎に戻るなり、用意していた血糊《ちのり》を吐く素振りを見せ、事前に伝えていた気管支の疾患だと訴える。やってきた医者に金を握らせ、しばらく寮とは異なる病棟で安静にさせてもらえるように手を打った。

夜を迎えると、エルナは窓から病棟を抜け出した。

隠していたカバンを摑《つか》み、炭鉱の敷地《しきち》内を全力で駆ける。

心臓がバクバクと音を立てていた。

（やばいやばいやばいやばいやばいやばいやばい……‼）

炭鉱に残る選択肢はなかった。

『ニケ』に目をつけられた。

たった一瞬で全てを見抜かれた気さえする。その場では拘束されなかったが、今頃国王親衛隊に伝え、エルナの身辺調査を行っていてもおかしくない。

全身の震えが止まらない。

脳の全てを作り変える、根源的な恐怖が精神を侵してくる。

（あんなの、別格過ぎる…………！）

汗が止まらない。動悸《どうき》が激しい。

これなら病気の偽装工作などせずとも、安静にするよう命じられていたかもしれない。

──これまで出会ってきた敵とはレベルが違う。

多くのスパイと対峙してきた。『炬光《きょこう》』及び『蒼蠅《あおばえ》』のギード、『白蜘蛛《しろぐも》』、『紫蟻《むらさきあり》』、『飛禽《ひきん》』、ＣＩＭの精鋭。世界水準の猛者《もさ》たち。

そんな強者たちとも一線を画している。

既に『ニケ』はこのベルトラム炭鉱群から離れていったらしい。他の炭鉱労働者がそう話していた。それでも逃げなければならなかった。

心変わりした『ニケ』が即時、エルナを拘束する可能性に身が震える。

「エルナちゃんっ！」

夜の道を走っていると、アネットが正面に現れる。

勢いを止められず、彼女とぶつかってしまった。の、と声を漏らしながら、アネットの上に覆いかぶさるように倒れる。

アネットはそっとエルナの身体《からだ》に腕を回してきた。

「……落ち着いてください」

「の……」

「深呼吸です。俺様の呼吸に合わせて、息を吸いやがってくださいっ」

彼女の平たい胸に顔を押しつけられ、無理やり口が塞がれる。

微《かす》かに腕が緩んだ。

「すーはー、ですっ」

いつになく甘いアネットの声。

それに合わせるようにエルナは息を吸い込んだ。

「………エルナちゃんには、俺様がついていますよっ」

優しく囁《ささや》かれた言葉は、本当にあのアネットが発したのだろうか。

「もう『ニケ』はこの炭鉱にはいません。慌てる必要はないですよ」

彼女の腕に包まれていると、自然に気が安らいだ。過呼吸気味だったようだ。

二十秒間ほどかけて、ゆっくり呼吸を整える。

「……お前に諭されるとは思わなかった」

そっとアネットの身体を押して、離れる。

顔を向けると、得意げに歯を見せて笑うアネットの姿があった。

「俺様に落ち着くよう言われるなんて、ダメダメですね！　エルナちゃん」

「……自覚があるとは知らなかったの」

取り乱してしまった痴態を恥じ入り、顔が熱くなった。

アネットがカバンを提げているのを見るに、彼女も無事に宿舎から抜け出せたようだ。

彼女のことだから自分以上の巧みな工作を施しただろう。

「エルナの本能が告げているの」

言い訳めいている自覚はあるが、口にする。

「『ニケ』——あの女とは関わらない方がいい」

「……俺様もそう思いますっ」

「一度見逃されただけで奇跡。二度目はない。すぐに行方を晦《くら》ませた方がいい」

立ち上がり、スカートに付いた砂を払った。

「ただ確信を得られた。やっぱりこの炭鉱には何かがある」

「はいっ！　『創世軍』のトップが視察に来るほどの」

「逃げる前に」エルナはアネットの手を引いた。「ケリだけはつけるの」

二人で手を繋《つな》いで、夜の道を走っていく。

照明などないが、月明かりで十分。夜闇程度ではエルナたちの走る速度は変わらない。

「どこに向かっているんですか？」とアネットが尋ねる。

「爆発があった場所の見当はついているの」

「お。やっぱり第5エリアですかっ？」

「アレは罠《わな》なの」

「ん？」

「エルナの直感も否定しているし、なによりあからさますぎる。こんないかにも秘密を隠している炭鉱の中のあんな場所……あまりに臭すぎるの」

釣り《フィッシング》――彼らの手段は学んでいる。

ニケ自身、帝国のスパイが工業地帯で工作している事実を言及していた。おそらく迂闊《うかつ》に近づいた者を拘束する罠がこの炭鉱にも張り巡らされている。

「最初エルナたちを案内した女性。五年も勤務しているのに、第3エリアを答えるのに時間がかかった。きっと頻繁に数字が変わっているか、最近できたシステムなの」

「なるほど。罠だらけって訳ですねっ」

「数字だけを信用しちゃいけない。この炭鉱には、もう一つ入れないエリアがある」

「……ん？」

「プレートの番号は十六種類。その中に『6』と『7』の二つが同時に記されたものはなかった。労働者たちは第6エリアと第7エリアの間に隙間があっても気づけなくなる」

ケーキ状に八等分された炭鉱と、割り振られたプレート。

これらは盲点を作り出すためだろう。注意深く観察しなければ見抜けない。


「第6エリアと第7エリアの間——ここにきっと幻の第0エリアがある」


あからさまに怪しい第5エリア、そして巧妙に隠された第0エリア。

どちらに賭けるかと尋ねられれば、断然後者だ。

第6エリアの中に入っていき、途中で金網を乗り越え、隣のエリアに入る。アネットいわく、やはり第7エリアとは異なるようだ。

鬱蒼《うっそう》とした木々が茂る道を進んで行くと、不気味な灰色の櫓《やぐら》が見えてきた。

櫓には上部の巻上機を動かすためのボイラー室やコンプレッサー室、採掘した石炭をより分ける選炭室も存在する。『第七採掘坑』と記された文字もある。

見張りはない。

現在は未使用の採掘坑のようだ。事前に聞いていた『十二の採掘坑が稼働している』という説明は嘘か。

アネットが竪坑櫓《たてこうやぐら》の入り口の鍵をピッキングした。

「俺様っ、ロックを解除しましたっ」

「さすがなの！」

懐中電灯を取り出し、坑道に潜っていく。システム室に置かれた資料を見て、ここが地下八階まであることを把握する。

この採掘坑の深度は数百メートル、長さは数キロに及ぶようだ。

地下一階に降り立った時、大きなドーム状の空間が広がっていた。炭坑特有の黒い岩肌。家屋がそのまま入りそうな広い空間だ。天井はかなり高く、壁面には陥落を防ぐための柱とメンテナンス用の通路が張り巡らされている。

周囲を懐中電灯で照らしていると、地面の大きな落盤に気がついた。地下一階の地面が崩れるように陥没して、底なしの闇が広がっている。

システム室の図面にはなかった穴だ。

「これは、中々、ひどい……」

エルナが言葉を失っていると、アネットが何かを見つけたように声をあげた。

「壁が抉《えぐ》れていますっ」

「ん？」

「高熱で表面が溶けていますっ。爆発痕ですねっ」

アネットが懐中電灯で照らす先を見つめる。

地下一階の壁面には、なにかそばで爆発があった痕があった。

「……ここが爆発の現場？」

「少なくとも一部は。新聞記事によると、もっと大きな爆発があったみたいですが」

「アネットは事故だと思う？」

「地下から可燃性のガスが噴き出して引火――なんて事故は山ほどありますが、こんな痕は残りませんよっ」

「…………………」

「なーんて説明させなくても、エルナちゃんなら分かると思いますがっ」

「…………………」

答えるまでもなかった。

事故による爆発と火薬を用いた爆弾の差異くらい見抜ける。ガスが充満していたら、この地下一階ごと崩落しているはずだ。

ここで何が起こったか、一つの仮説を思いついた。

だが、まだ確信を得るには足りない。持ち運んでいたカメラを用いて写真を収める。不自然な壁面のひび割れ。その一つ一つを探っていき、仮説の信ぴょう性を高めていく。

後方ではアネットが、うーん、と唸《うな》り声をあげていた。

「…………どうしたの？」

「俺様の受信機に何か反応が……」

アネットの手元にある機械が明滅している。

何か電波を拾っているようだ。稼働《かどう》していない坑道に無線の類があるとは思わないが。

明滅の強さを手掛かりに、電波の発信源を探した。

数分ほどで見つかった。

天井部だ。床から高さ二十メートル以上の天井部には照明器具がぶら下がっていて、そこに目立たないよう、黒い機械が転がっていた。

アネットの受信機がなければ発見できないだろう。

壁面にある照明のメンテナンス通路を使って、回収に取り掛かる。

「なんの機械？」エルナはそれを摑《つか》んで、首を傾《かし》げる。「なんだか見覚えが——」

「なにか壁に記されていますねっ！」

アネットが大声をあげた。

黒い機械があった照明近くの壁に、書き殴られた文字が記されていた。

――【王は、代えられる】

スプレーで記された、力強い言葉。

まるで訴えかけるような文字は、エルナの中にあった想像を確信に変えた。

◇◇◇

もう一つ賭けに出る。

ベルトラム炭鉱群は今晩にでも離れた方がいいが、『義勇の騎士団』から課せられたミッションを達成するには、どうしても証言してくれる人物が必要。

チャンスは一回限り。

一度エルナが寝泊まりしていた宿舎の周囲まで戻る。

アネットは不服そうな顔だったが、宿舎の外壁に手をついてくれた。靴を脱いで、彼女の肩を足場に二階まで跳躍する。「俺様の背が縮みますっ！」と訴えてきたが、後で謝ることにして目的の人物がいる寝室の窓に手をかける。

カーテンの隙間から内部を観察し、相手が一人になるタイミングで窓ガラスを叩《たた》いた。

窓が開いたところですかさず室内に潜入する。

「キ、キミ、どこに行っていたの？」

窓を開けてくれたのは、色白の女性。聞き込みの最中でエルナに忠告をくれた人だ。寝間着姿だ。突如飛び込んできたエルナに目を丸くしている。

「さっき親衛隊の人が捜していたよ。一体、何を――」

しっ、と人差し指を立て、大きな声を出さないようジェスチャーをする。

もう親衛隊が動いているのならば、事を荒立てるわけにはいかない。

顔をぐっと近づけ、小声で口にした。

「教えてほしい」

「はい？」

「旧第七採掘坑で起こった出来事について」

女性の目が見開かれる。

やはり彼女は知っているのだ、と改めて認識する。

「アレは、爆発事故でさえなかった……」

さっき見てきた光景を伝える。

「手りゅう弾が使用された痕跡だった」

そう、『義勇の騎士団』が予想した爆発事故ではなかった。

もっと恐ろしいものを王政府は隠蔽しようとしていた。

「どうしてって考えた。けど察しはつく。こんな劣悪な労働環境に、無理やり労働者をかき集めれば必然的に起きる事態――ストライキ。労働者同士の結束を阻むようなシステムやあの親衛隊の警戒具合が、それが度々起きる事実を裏付けている」

坑道地下一階に記された文字が忘れられない。

【――王は、代えられる】

現国王に対する不服を訴える声。アレはストライキのスローガンなのだろう。

あそこで反政府活動が行われたのは、間違いない。

だとすれば使用された手りゅう弾も説明がつく。

「そのストライキを親衛隊は鎮圧した。山ほどの爆発痕と銃痕。あそこでどれほど過激な戦闘が繰り広げられたか想像がつく！　炭鉱なんて場所で！　当然、落盤していた！　採掘坑の地下二階より下層に籠っていた人は押し潰されたっ‼」

それは絶対にあってはならない非人道的行為。

「――国王親衛隊は、ベルトラム炭鉱群の労働者を虐殺した」

王政府による国民の殺戮《さつりく》。最悪の大罪だ。

政府が必死に隠蔽しようとするのも分かる。同じベルトラム炭鉱群で働く労働者には口封じを命じ、爆発を報じた記者は直ちに拘束するだろう。

炭鉱の至る所で親衛隊が警戒に当たり、『ニケ』が直接視察に来ていた理由だ。

こんなことが明るみになれば、国民は激怒するだろう。

「その反応……」エルナは女性を見つめる。「……事実ってこと?」

「あ、いや――」

相手の女性は元々色白の肌を一層、白くさせていた。狼狽《うろた》えるように目を泳がせ、表情を隠すように唇を噛《か》んでいる。

推測は当たっていたのだ、と拳をぐっと握る。

状況証拠しかなかったゆえに賭けではあった。綿密な調査の時間がない以上ギャンブルに出るしかなかった。

「ダメだよ」

慌てたように女性が声を潜める。

「それが外部に漏れたら殺される。誰にも話さないよう厳命されていて――」

「じゃあ、王政府の言いなりになるの？」

強く睨《にら》み返した。

「こんな出来事があっても、この炭鉱でニケの人気は絶大だった……理由は明白。ニ、ケ、と、国、王、を敬愛する者以外は全員拘束さ、れ、る、か、ら」

「――――っ」

「親衛隊が既にエルナを拘束しようと動いていることが、その証拠」

『ニケ』を前に歓声をあげた労働者たちを改めて薄ら寒く思う。

あの温かな光景の裏にあるのは、完璧なまでの支配だ。

反抗的な態度や敵意を抱く者は直ちに『ニケ』に察知され、親衛隊に拘束される。残るのは王政府に従順な人物だけだ。

「ここは、ただの地獄」

すかさず相手の手を取り、力を籠める。

「一緒に来てほしい。アナタは、ワタシに忠告してくれた。親衛隊に敵視される危険を冒してでも、ワタシを守ろうとしてくれた」

「……えっ」

「アナタみたいに優しすぎる人は、きっとここでは生きていけない」

女性の存在は『義勇の騎士団』に不可欠だ。

彼女がベルトラム炭鉱群で起きた惨劇を証言してくれれば、それをジャンたちは国中に広める。革命の大きな追い風になる。

色白の女性は困惑するように表情を歪《ゆが》めている。

やはり性急すぎたか。突然言われても心がついてこられないかもしれない。

外からアネットの声が聞こえてくる。

「足音が聞こえてきますっ！　親衛隊ですっ！」

こっちに迫っているようだ。宿舎にも病室にもエルナがいないことに気づいて、捜索に取り掛かっているのだろう。

時間がない。心苦しいが、脅迫しかない。

「ワタシはここから動かない」

ハッキリと目を見て伝える。

「選んで。一緒に逃げるのか。それとも、ここでワタシを見殺しにするか」

――迫りくる不幸に身を委ねる。

――悲劇に見舞われる薄幸の少女を演出し、他者の心を狂わせる。

卑怯《ひきょう》と罵られようと、それが『愚人《ぐじん》』というスパイのやり方だ。可憐《かれん》な容姿を利用し、他人諸共《もろとも》不幸に巻き込む。

『灯《ともしび》』のためならば、いくらでも利用する。

やがて色白の女性が諦めるように息を吐いた。覚悟が籠った瞳で「どこへ行くの？」と尋ねてくる。

間章　草原《そうげん》Ⅱ

『煽惑《せんわく》』のハイジというスパイはもちろん知っていた。

ディン共和国に存在した、伝説のスパイチーム『焔《ほむら》』の一員。クラウスの姉貴分。

逆にサラが知っているのは、それだけ。

音楽の演奏を嗜《たしな》んでいたのは初耳だ。

――レコードプレーヤーから流れてきたのは、人を壊すための音。

決して大音量ではなかった。しかし身体《からだ》が裂けたんじゃないか、と勘違いする衝撃。

それは身体の芯を揺さぶる不気味な音色だった。

開始二十秒で立っていられなくなり、鼻血が出てきた。意識を飛ばさないよう必死に堪《こら》えるだけの時間。口から悲鳴が漏れ出ていたはずだが、もはや聞くこともできない。全身から汗を流すと同時に身を凍えさせる。暑いのか寒いのかさえ分からない。

どれほどの時間が経《た》ったのかも分からなくなった時、クラウスが演奏を止めた。

床に膝を突いていたことは、その時初めて気がついた。

「何事にも動じない心は、精神の問題だけではない」

上からクラウスの静かな声が降ってくる。

「実力を磨き上げ、経験を積み上げてきた者のみが、心の不安に打ち勝てる。たとえ本能を狂わせる、ワガママな演奏者の最低な音色の中でも」

頭がボーっとしていて、言葉が入ってこない。

ただ試験に落ちたのだと分かった。実力がなく経験も浅い人間が計画に口を挟むな、とハッキリと突きつけられる。

弱者をふるい分けるための残酷な音色。

立ち上がれないサラを、クラウスは労《いたわ》らなかった。仮にそんな優しさを施されたら恥ずかしくて消えたくなっていただろうが。

クラウスはレコードをケースに戻し、そっと部屋から退室していった。

「いつかお前がこの音楽をまともに聴けるようになった時、意見を聞くよ」

指一本触れられることなく、彼に敗北したのだと分かった。

◇◇◇

「ハイジさんの演奏は人の心を折る兵器だよね。世が世なら公害だよ」

ナイフを振るいながら、モニカが顔をしかめている。

日課の格闘訓練中だ。

中庭でナイフを使った組み手を行いながらも、喋《しゃべ》り続ける。

会話も訓練。息が上がっていてサラは言葉を出すことさえ苦しいのだが、モニカは息一つ切らさずに淡々と日常会話のように滑らかに言葉を吐いた。

サラにとっては初耳だが、モニカは養成学校で一度ハイジと対面しているという。

訓練用のナイフをぶつけ合わせながら、クラウスに意見した話を語った。

「クラウスさんも意地悪なことするね。マジで怒っていたんじゃない？」

「や、やっぱり、失礼で、したよね」

「大丈夫、キミが空回るのはいつものことだよ。クラウスさんも分かっているさ」

自分にそんな悪癖があったとは知らなかった。そういえば龍沖《ロンチョン》という地で、地元マフィアに決闘を挑み、モニカに『極端すぎない？』と呆《あき》れられたこともあったか。

改めて恥じ入っていると、モニカが「思い悩まなくていいよ」と語りかけてくる。

「キミは着実に強くなっている。いずれクラウスさんの鼻を明かせるさ」

彼女の言葉は幾度となく、挫《くじ》けそうになった心を支えてくれる。

実際、サラの実力は『灯』結成時より格段に伸びている。

最初はモニカとナイフをぶつけるだけで身体が揺らいでいたが、今では何合かまでは耐えられる。重心が乱れれば距離を取り、追撃の前には態勢を整えられる。

モニカとも闘えることを誇りに、ナイフを強く握りしめる。

「はい、ありがとうござい――」

「あ――もう夕方だから、手加減はやめるね」

直後モニカが振るうナイフの軌道が変わった。

フェイントに気づかず、悠々とナイフを構えていた右手の甲を打たれる。

「え？」

痛みを感じるよりも早く、更なる異変。

身体が浮き上がっていた。いつ投げられたのかも分からず、視界には高い空が広がっている。受け身さえ取れず、地面に背中から墜落する。口から涎《よだれ》が飛び出した。

「ん、今日の訓練は終わりね」とモニカは淡々とした態度で口にした。

◇◇◇

大浴場の浴槽で身体を揉《も》みほぐし、マッサージを行う。

全身が疲労に苛《さいな》まれていた。ハイジの演奏に耐える中で、普段使わない筋肉を酷使した。

足や腕の筋肉がぴりぴりと痺《しび》れている。モニカの訓練で一層悪化したようだ。

明日まで響きそうな気がするので、いつもより入念に揉む。

大浴場で一人、休息をとっていると、新たに二人の少女が入ってきた。

「やるわね、ジビア。私の想定以上の働きだわ」

「うっせぇ。お前に合わせるのが一番苦労すんだよ」

ティアとジビアだ。

充実した一日を過ごしたのか、楽し気に言葉を掛け合っている。

「見事な突入だったわ。もちろん私が警備の男たちの目を奪っていたおかげだけどね」

「いや、目を奪っていたのか？　全然分からんかったけど……」

「男たちはチラチラ見ていたじゃない！　私の太腿《ふともも》や胸を！」

「え？　マジ？」

「いくら男だってあからさまにガン見しないわよ。ただ悶々《もんもん》としつつ、視線を寄越すの。見ちゃいけないって理性と闘いながらね」

「えー、まったく分からんかった」

「じゃあ、逆にどうやってタイミングを合わせたの？」

「勘」

「凄《すご》いわね。アナタ。でも次から私が合図を出すわ……」

クラウスの任務を手伝っていたらしい。訓練の一環だろう。

晴れやかな表情からして成功を収めたようだ。ジビアが上機嫌にシャワーでティアにお湯を掛け、ティアが迷惑そうにしつつも笑っている。

そんな二人に、サラは羨望《せんぼう》の眼差《まなざ》しを送ってしまう。

――『夢語《ゆめがたり》』のティアはマフィアや記者と接触し、短期間で秘密結社を作り上げた。

――『百鬼《ひゃっき》』のジビアは一人、ＣＩＭの幹部と闘い、騙《だま》し抜いてみせた。

フェンド連邦で更なる成長を見せた二人。

歓迎すべきだとは分かっている。彼女たちはグレーテやモニカに負けぬよう、人知れずに努力してきた。祝福するべきなのだろう。

しかし、なぜか今は彼女たちを見る時、胸に暗鬱な感情が立ち込める。

逃げるように浴槽から上がり、脱衣場の方に向かった。

途中でジビアとすれ違い、そこで初めてサラに気づいたらしい彼女は「お、もうあがるのか？」と笑いかけてくる。

辛《かろ》うじて「……はい」と返事したが、あまりの弱々しさに自分でも虚《むな》しくなった。

◇◇◇

目標に進み始めた時、人は初めてその遠さを知る。

そんな当たり前のことさえ、サラは分かっていなかった。


一体それは何周遅れの話なのだろう。

『灯《ともしび》』の守護者、という願望――それがどうしたのか。夢を抱くだけなら誰でもできる。

ようやくスタートラインに立てた、というだけの話。

クラウスの言葉通りだ。本当に一歩を踏み出しただけ。何も達成していない。

かつてリリィには直接言われた。

――『サラちゃんの目標、実はわたし「高望みだな」って思います』

——『だってサラちゃん、普通に頼りないですし』

普段の彼女ならば絶対に言わないセリフ。浮かれる自身に厳しく釘《くぎ》を刺した。

何も言い返せなかった。彼女の言葉は紛れもなく的を射ていたからだ。もしかしたら彼女も陰で向き合ってきた現実なのだろうか。

夢を追えば追うほど、理想と現実の差に苦しむ。

何もできない自分に打ちのめされる。

——落ちこぼれだった養成学校時代より、今の方が無力感に蝕《むしば》まれる。

◇◇◇

サラはクラウスの部屋からレコードを持ち出していた。

ムザイア合衆国で買ったヘッドホンと専用のプレーヤーをセットし、一人で曲と向き合える環境を整える。ヘッドホンだとノイズは混じってしまうが、この曲の力が落ちることはないはずだ。これがスパイの訓練になるとは思えないが、逃げられない挑戦だった。

風呂《ふろ》上りに呼吸を整え、もう一度、脳を破壊するような音楽と向き合う。

ほんの少しでも、今の自分より強くなりたくて。

(虫がいいと分かっているっすよ……)

人並み程度の努力しかしなかった人間が、突然成長できるはずがない。分かっている。

それでも願ってしまうのだ。

(――皆を守れる力がほしい)

つまらない現実を受け入れるより、譲れない理想と心中したい。

『灯』の仲間を守り抜く夢を手放すくらいなら、能天気な夢想家と嘲笑《あざわら》われていい。

(これは空回りなんでしょうか?)

音楽が流れた瞬間、やはり身体《からだ》が裂けるような衝撃に襲われる。雷に打たれたような、脳天から突き抜ける痛み。酩酊《めいてい》と嘔吐《おうと》、脱力が同時に押し寄せ、目を開けていられなくなる。あと数秒だけ耐えたいという抵抗心を根こそぎ削り取る。

気を失いかける寸前、誰かがヘッドホンを取り払ってくれた。

顔をあげると、不安そうな顔をしたアネットとエルナが立っていた。

「サラの姉貴っ！　どうしたんですか、その鼻血っ！」

「サラお姉ちゃん、なんだかとっても具合が悪そうなの……」

部屋に駆けつけてくれたらしい。

エルナが「なんだか辛《つら》そうな声が廊下にまで聞こえたの」と不安げに話し、アネットが

「俺様っ、最近、姉貴がかまってくれなくて不満ですっ」と頬を膨らませる。

声を漏らしていた自覚さえなかった。

「アネット先輩、エルナ先輩……」

体調を気遣うように顔をぺしぺしと優しく叩いてくる二人。

涙が滲《にじ》み始める。音楽のせいで自律神経が乱れ、感情が制御できなくなっている。なんてことない日常風景に涙腺が刺激される。

自分なんかを姉のように慕ってくれる二人。

――空回りじゃない。

命に順位はつけられない。

しかし『灯』で守りたい存在を想《おも》う時、真っ先に過《よぎ》るのはこの二人だ。

――いつか、じゃダメだ。いずれ、なんて意味がない。

任務はもう数日後に迫っている。離れ離れになり危険に飛び込んでいく彼女たちを守るためには、成長なんて待っていられない。

クラウスの賞賛も、モニカの激励も、今のサラを救わない。

願うのは、たった一つだけ。

(今、この子たちを守れる力がほしい……っ!)

3章　洗脳

ベルトラム炭鉱群の敷地《しきち》から脱走した深夜、『義勇の騎士団』の同志の家に匿《かくま》ってもらい、その二日後トラックの荷台に乗せられ、拠点の学生寮まで戻ってこられた。

早速出迎えてくれたジャン含む幹部たちに、炭鉱で見聞きしたこと、爆発痕の写真、証言してくれる人物などの報告を終えると、彼らは興奮で顔を赤くさせた。

「本当に凄いことだよ、キミたちっ‼」

フロア中に響き渡るような声で伝えられる。

「もしその話が正しければ、大スクープだ！　王政府がひっくり返るぞ！　『義勇の騎士団』史上最大のネタじゃないか！」

「運が良かったの」

そう謙遜はするが、誇らしい心地にはなる。

まだ正式に加入しているとは言い難《がた》いが、組織に貢献できたならなによりだ。

「ただ、行方不明の『ダイス』さんについては摑《つか》めなかったの」

「そうか……もしかしたら――」

「親衛隊に拘束されてしまったのかもしれない。秘密を知りすぎて、いや――」

時系列を整理して、思い直す。

彼からレリーフが送られてきたのは、爆破事件の直前。

「旧第七採掘坑でストライキに参加していたのかもしれない」

「ありえるね。彼は、弟や母親の生活を守るために活動する熱心な義士だ。もし炭坑内で反政府活動が行われれば、参加していただろう」

「そう……」

だとすれば、親衛隊によって殺されてしまったのか。

あの爆発痕と銃痕だらけの地下空間を思い出した。過激な戦闘の証拠。労働者たちはあの炭鉱で、武装する親衛隊に命懸けで抵抗したのだろう。

彼らの無念を想像し、ぐっと唇を噛《か》み締めた。

王政府は彼らを書類上どう処理したのか気にはなるが、今は後回し。まず休みたい。

「詳しいことは、クロエさんに聞いてほしいの」

エルナが炭鉱群から連れて来た、色白の女性労働者だ。

「今は彼女も疲れ果てているからまた後で」

クロエ＝ペルシェと名を明かした彼女は、突然の脱走に疲弊しきってしまったのか、地下の簡易ベッドでぐったりしている。

ジャンは「そうだね」と頷《うなず》いた後に笑いかけてくる。

「ただ、今いる幹部だけで簡単な慰労会を開こう。皆、もっと話を聞きたいんだ」

休みたかったが、目を輝かせている彼らの善意を無下にはできなかった。

アネットはマイペースに「俺様はっ、炭鉱で見つけた機械を弄《いじ》りたいですっ！」と機械弄りに没頭しているが、離れようとはしなかった。

ジャンたちは早速ワインやナッツを持ち出して、テーブルに並べていく。

「なんだかパーティー三昧な気がするの」

エルナは苦笑していた。

「大丈夫？　この秘密結社」

「めったにしないよ。キミたちが来たからさ」

ジャンが鼻歌まじりにグラスにワインを注ぐ。

すると寮にいる幹部たちが「ホントだよ、キミたちが来てくれてから、代表は嬉《うれ》しそうなんだ」と耳打ちする。他の幹部たちもくすくすと笑っている。

集まった十人程の大学生に囲まれながら、エルナはぶどうジュースをもらった。

「──一羽の燕《つばめ》が春を呼んでくれるとは限らない」

乾杯のあと、ジャンは嬉しそうに口にした。

「一つの情報で安易に結論を導けない。キミたちの活躍だけで革命が成せると浮かれるほど、楽観主義者じゃないさ」

「はぁ……」

「けれどね、こうやって一つ一つの成功を積み上げていけば『春』が来るかもね」

春──それは革命の成就《じょうじゅ》を意味するのか。

エルナはほどよい疲労に包まれながら、酒を勧めてくる彼らをあしらい続けた。


三十分ほどの慰労会を終えると、エルナとアネットは物置に移動した。

地下はどうしても寝苦しく、『義勇の騎士団』が占有する一室を貸してもらった。仮に『創世軍《そうせいぐん》』や親衛隊が来た場合は、すぐに逃げられるようルートは確保している。木箱に布団《ふとん》を敷いただけの簡易的なベッドに、二人は同時に倒れた。

「俺様っ、もう炭鉱での労働なんてコリゴリですっ！」

「の。もうエルナも侵入したくはないの……」

珍しく意見が一致する。

アネットは枕に顔面から突っ伏して、うがあああぁと叫んで足をバタバタさせている。ストレスで爆発する寸前なのだろう。怒りの爆発した彼女など、揉《も》め事《ごと》を起こしまくる未来しか見えないので、ギリギリで脱出できてホッとする。

その綺麗《きれい》な後頭部をじっと見つめ、エルナは身体を少し近づけた。

「けれどアネット――」

頬の緩みが抑えきれなかった。

「――エルナたち、案外うまくやれているの」

心からの本音だった。

当初はどうなるかと思ったコンビだったたが、順調に任務を遂行できている。地下秘密結社に潜り込み、彼らに歓迎され、革命を煽《あお》るネタを摑《つか》めた。

それこそまさに『灯《ともしび》』で煽動班のエルナたちに与えられた役割だ。

他の年長者メンバーに頼らず、二人で成し遂げられた。

加えてエルナには一年間、弁護士事務所でのバイトで築き上げた、反政府思想を持つ人物のリストもある。うまく使えば『義勇の騎士団』は一層、勢力を拡大できるはずだ。

アネットがばっと顔をあげる。

「まったく！　何が『うまくやれている』ですかっ！」

「のぉ？」

「俺様っ、ニケの野郎の前に無警戒に姿を見せたのはミスだったと思いますっ！」

「そ、それは悪かったの……」

「俺様っ、反省が足りないと思いますっ！」

「のおおおぉ！　飛び掛かってくるな、なのぉ！」

突然エルナの頰を摑んできたアネットと揉《も》み合いになり、バタバタと暴れているうちに、木箱のベッドから転落する。

そのまま二人して床に転がり、物置の天井を見上げた。

「ふひひ」

「えへへ」

気を抜くと笑みを零《こぼ》してしまう。一仕事を終えた達成感が身体を満たしていた。

ベッドの上に戻って、浮かれた調子で言葉を掛け合う。

「他のお姉ちゃんたちは今頃、どうしているか気になるの」

「俺様たちより、うまくやれているコンビはいなそうですねっ」

「間違いないの」

「リリィの姉貴とか普通に拘束されていそうですっ！」

「……容易に想像がつくの」

「サラの姉貴は、身長が伸びているのかもしれませんっ」

「ティアお姉ちゃんはもっと露出度を増やしているの」

「モニカの姉貴は、きっとヘンテコな超人ですかねー」

「ジビアお姉ちゃんはきっとムッキムキ」

「グレーテの姉貴は、クラウスの兄貴と会えなくて病んでいますねっ」

「……会いたくなってきたの」

「ん。俺様っ、分かります」

一年間会っていない仲間たちを思い浮かべ、胸が少し苦しくなった。

今の頑張りを褒めてくれる人はいない。アネットとうまく仕事をこなせていると聞いたら、彼女たちはどんな顔で驚くだろう。

しかし弱音は吐かない。全員集う時は――革命が成せた時。

「アネット」

エルナは、整えたベッドにさっそく寝転がっている相棒を見つめる。

「少し休んだら、散歩しない？」

アネットが不思議そうに、ん、と首を傾《かし》げる。

それ以上の言葉は返さずにエルナはベッドに倒れ、ひとまず眠ることにした。

◇◇◇

ジャンに見つかると叱られかねないので、こっそり寮を抜け出した。

人目を避けるため、建物の屋根を伝って散歩する。四階建てのホテルから、仕立て屋の店が入った三階建てのビルへ。煙突を蹴りつけ、隣にある瓦業者と左官屋のビルへ。次にブラッスリーと写真屋のあるビルへ。

今にも雨が降り出しそうな夜に、上空を見上げて歩く者はいないだろう。

時にアネット特製のワイヤー銃を用いて、夜景煌《きら》びやかなピルカの街を散歩する。ぎゅっと抱き合い、二人一緒にふわりふわりと空中を飛ぶ。

デザイナーが意匠を凝らした噴水や街灯が溢《あふ》れる街並みは、通り全てが芸術作品だ。

特にこの日は大通りで盛大な催しが開かれ、トランペットの音色が響いていた。

「今日は、王位が引き継がれて二周年だそうですねっ」

「ふん、反吐《へど》がでるの」

宮殿へと繋《つな》がっている大通りには、夜にもかかわらずたくさんの市民が集まっている。

さすがに近づきすぎるとまずいので、エルナたちは手前のビルに留まり、大きな煙突の陰に身を潜めた。

ここからは見えないが、クレマン三世を称《たた》えるパレードが行われているようだ。王族や貴族らしき者が派手な衣装を纏《まと》い、車から手を振っている。それを警護する親衛隊の眼光は鋭い。大通り周辺には警察や軍人に交じって、諜報《ちょうほう》機関『創世軍』の者もいるだろう。二年前に起きたフェンド連邦の皇太子暗殺事件のような惨劇を警戒し、王国中のスパイが拘束されているはずだ。おそらくは無関係の市民ごと。

月夜の下、花と紙吹雪、トーチで彩《いろど》られた道を人々が通り過ぎていく。そのそばでは、今日のパンにさえありつけずに、飢える路上生活者がいる。

いずれ国王が好きだという花火でも上がるのだろうか、と二人は肩を並べて、屋根に腰を下ろした。

夜景を見下ろしながら、エルナが呟《つぶや》く。

「……実は、考えていることがあるの」

「ん｜？」

「今回の『灯』は、これまでよりずっと大規模な任務に挑んでいるの」

「まー、そうですねー。一国丸ごと変えるわけですからねー」

「うん。それはこの国で苦しむ人たちを救うことにも繋がる」

　夜風に揺れる前髪を撫でる。

「もし達成できたら――エルナは、ようやく自分が好きになれそう」


　ずっと自分が嫌いだった。

　自分以外の家族が亡《な》くなり、自分が生き残ったことに負い目を感じていた。事故を自演し、身を守る術《すべ》を覚えた。そんな卑怯《ひきょう》な自身が嫌いだった。不幸であれば同情される。そう学び、不幸を愛した。無意識のうちに惹《ひ》かれ、時に他人を巻き込んだ。

　頷きつつ、ずっと胸に秘めていた願望を口にする。

「だから、もし達成できた時――エルナはスパイを引退する」

およ、とアネットにしては珍しい、呻《うめ》き声を漏らした。

まだクラウスにも伝えていない気持ちだ。

「サラお姉ちゃんの夢に従うの。『灯』から離れるのは寂しいけれど、サラお姉ちゃんとお店を開いて、のんびり過ごす」

サラからは既に、彼女が引退を考えていることを聞いている。

感化されたのだろう。

元々穏やかな日々を過ごす方が好きなのだ。選べなかったのは己にあった使命感ゆえ。

しかし、この一年間で自身が行う影響の大きさを自覚し、感じるようになった。

家族や『鳳《おおとり》』のこと。

――この腐りきった国を変革し、家族に顔向けできる立派な人間になれた時。

――『鳳』を壊滅に追いやった《暁闇計画《ノスタルジア・プロジェクト》》の全貌を摑《つか》めた時。

きっとエルナは晴れ晴れしい気持ちでスパイを引退できる。

「だから、今回のエルナちゃんは気合が入りすぎているんですねっ！」

アネットは納得したように大きな笑みを見せた。

「炭鉱ではパニックでしたもんね！　俺様、愉快でした！」

「うるさいの」

「けど、なんで俺様にその話を？」

アネットは不思議そうに首を傾《かし》げる。

本当に見当もつかないらしい。

その鈍さを面白く感じつつ、笑いかける。

「アネット、お前も一緒に来る？」

「………？」

「認めるの。なんだかんだ、エルナとお前はいいコンビ。今回、確信した」

夜の冷ややかな空気を吸い込む。

「――サラお姉ちゃんと三人なら、きっと楽しい生活が待っている」

『灯』結成当初はケンカしてばかりで、中々素直になれなかった。

しかし、今ならば本心を打ち明けられた。

エルナにとって、彼女は気の合う友人だ。人との間に壁を作りがちな自分に、彼女はその壁を強引に壊しながら接してくれる。

「…………」

が、アネットから返答は来なかった。

長い沈黙が流れると、顔が熱くなった。

「……な、なにか言え、なの」

「…………………」

アネットは黒い穴のような瞳で、エルナを見据えている。まるで人間味のない表情。普段の薄っぺらい笑みは消えている。

「俺様、それは難しいと思いますっ」

透き通るガラスのような無色透明の声。

なんの感情もない、無機質な声だった。

「なんで……？」

思わぬ返答に息が苦しくなる。

身体《からだ》を彼女に向け、身を乗り出した。

「エルナたちはうまくやれている。お前はもっと普通の人生だって送れる。『義勇の騎士団』の人たちとだって、楽しそうに混ざれていた。きっと大丈夫で——」

「俺様、演じているだけですっ」

差し伸べた手を振り払うように言葉は遮られた。

「あの結社の人間総じて、どーでもいいです」

「え……」

「もう一度言います——俺様は、この国の連中がどうなろうと興味なんてないんですっ」

全く見抜けなかった事実に息を呑《の》む。

活動中は楽しそうだったし、歓迎会で可愛《かわい》がられている時も笑顔を振りまいていた。それは全部、作り物だったのだろうか。

——『灯《ともしび》』の任務の都合で関わっているだけ。

——ただ発明品を試すのが面白いだけ。

そういうことなのか、と尋ねたいが、躊躇《ちゅうちょ》してしまう。

アネットはゆっくり立ち上がり、ふわりとスカートを浮かせ、身体を反転させた。もう帰るようだ。エルナから離れるように歩き出す。

「勘違いしないでくださいね、エルナちゃん」

ぽつりと呟いた。

「俺様は、どんどん悪くなりますよっ」

その言葉の意味を全く摑めず、エルナは見送ることしかできなかった。

その夜は結局、一発たりとも花火は上がらなかった。

◇◇◇

二日後、ジャンはニコラ大学の講堂に『義勇の騎士団』のメンバーたちを集めた。

集まったのは、五十人以上の若者たち。

二十人以上の集会は法律で禁じられているので、複数のゼミの名を使い、勉強会という建前で講堂を借りた。関係者以外の立ち入りは禁じている。

大学生だけでなく、これまで熱心に活動してきた学外の幹部たちも呼んだ。

ジャンいわく、これほどメンバーが一堂に会するのは二年ぶりだという。

普段は情報漏洩《ろうえい》を危惧し、寮に暮らす幹部以外は一か所に集めない。

直前で知ったエルナは『大丈夫?』と心配になったが、ジャンは『クロエさんはどうしても、皆に直接伝えたいそうだ』と強く主張した。

特例らしかった。不安だが、せっかくの盛り上がりに水は差せない。

『今回は国がひっくり返るほどのニュースだからな』と彼は興奮して口にする。

集めた中には、ビラを広める達人が多くいるらしい。役場で身分証明書や労働証明書の偽造を担《にな》う男性や、同志の活動を支持する女性警察官、鉄道を用いて国中にビラを広める鉄道員など。

夜六時、講堂の振り子時計が鳴ると同時にジャンが口を開いた。

「今回、緊急招集をかけさせてもらった理由は他でもない」

彼の弁舌は中々に手馴《てな》れていた。

「王政府の支配をひっくり返せる、大きなネタを仕入れた。今は時間が惜しい。手短に情報を伝え、一気に国中へばら撒《ま》く」

講堂のメンバーから、おぉ、という声が漏れる。

エルナたちは講堂の後方の席に腰を下ろしている。

「クロエさん、語ってくれないか？」

ジャンに促され、クロエは講壇にあがった。

炭鉱では肌が病的なまでに色白だったが、今は落ち着いたのか、ほのかに赤みがかっている。ベージュのブラウス姿で伏し目がちに立つ。

「クロエと言います。三年間、あの炭鉱で働いていました」

小さく頭を下げ、ぽつりぽつりと話し出した。

「三年前まではミュレ地方の工場で働いていましたが、工場の労働者全体に強制徴用がかけられ、有無を言わさずにあの炭鉱群で働かされて……」

エルナも知らなかった彼女の過去だった。

確か妹がいると言っていたか。王政府の都合により、突如住んでいる場所も家族とも引き離され、外部から孤立した炭鉱に移動させられたのか。

（この人の境遇には同情する……）

他の幹部たちも労《いた》わるように唇を噛み締めている。

きっと誰もが彼女と似たような悲痛な過去を背負っているのだろう。

（けれど、この事実さえ世界中に広めれば――）

クロエはまず労働環境を語り、やがて本題であるストライキの話に移った。

「先月、ベルトラム炭鉱群で大きなストライキ運動が起きました。バリケードを築き上げ第七採掘坑を根城に立てこもって、労働環境の改善を訴えたのです。政府側との交渉はうまくいかず、やがて争いに発展した……」

エルナたちが摑んだ情報に相違ない。

講堂の前方に座っていた幹部の女性が、口を挟んだ。

「……もしかして例の爆発記事の真相は――」

「国王親衛隊とストライキ団体の抗争。そこで用いられた手りゅう弾かと」

おぉ、と幹部たちの口から声が漏れた。

彼らも事の重大さを理解したのだろう。前のめりになっている。王政府にとって大きな弱みになるタレコミだ。

ジャンが張り詰めた面持ちで「続けてくれ」と話を先に促した。

クロエは唇を結び、真剣な面持ちで頷《うなず》いた。

「元々ストライキの噂《うわさ》は炭鉱の労働者の間で広まっていました。具体的な日時は隠されていましたが、事が起こったら駆けつけるように、と……ワタシは参加しませんでしたが、昼頃に始まったと認識しています。が、その日の夕方には多くの軍人がやってきて――」

クロエは、凄惨な現場の様子を仔細《しさい》に語った。

響き渡る銃声と爆音。彼女は宿舎に引き籠りながら、他の労働者と共に膝を抱えて座っていた。炭坑の一部が崩れる地鳴りのような音。戦闘は一時間足らずで終わり、あとには多くの労働者が姿を消した。

興奮していた幹部たちもその話を聞き、後方のエルナでも分かるくらいに憤《いきどお》っている。

話が一度途切れると、ジャンが前に出た。

「――ということだ。より詳細な話はあとでまとめるとして、明日からはこの事実を広めなければならない。計画Kの発動だ。機関誌を緊急発行。国中にばら撒くぞ」

講堂中に響き渡るように口にする。

革命に繋《つな》がる大きな一歩を祝福するように。

「総力戦だ。我々が持てる限り最大の力で――」

「――ただ、皆さんによく理解してほしいのは」

クロエがジャンの話を遮る。


「全てガルガド帝国のスパイが黒幕ということです」


空気が変わる。

これまでとは全く違う、ひどく鋭い声。

誰もが予期していなかった発言に、水を打ったような静寂が生まれた。幹部たちはもちろん、ジャンも固まっている。

意味が分からなかった。エルナも同様だ。

突然クロエの態度が変わった以上に、その発言内容が理解できない。

「卑劣なガルガド帝国のスパイたちは、我々の生活を常に脅《おびや》かしている」

クロエは語り続ける。

「彼らの目的はライラット王国最大の工業地帯を破壊し、産業を停滞させること。地域の鉄道は幾度となく爆破され、炭鉱で働く人たちの事務所が放火されました。我々労働者はガルガド帝国のスパイに怯《おび》えています」

言葉は次第に熱を帯び、声量も増していく。

「嘆かわしいことに工業地帯では彼らに唆《そそのか》され、反政府活動を行う者もいます。今回勃発したストライキもそうでした。ガルガド帝国のスパイに王政府への憎悪《ぞうお》を駆り立てられ、過激な凶行に及んでしまった。国民同士で憎み合い、殺し合うよう導かれた」

こんな抑揚がつけられた喋《しゃべ》り方は、これまでしていなかった。

声に伸びがあり、講堂の隅々までハッキリと届く。明らかに訓練された、発声法。一言一言聞き取りやすく、耳に違和感なく入り込んでくる。

エルナの心の奥底から嫌な予感が湧いてきた。

彼女は明らかな意識を持って『義勇の騎士団』を改心させようとしている。

「ベルトラム炭鉱群は、帝国のスパイによって脅かされている。ワタシはその事実を伝えたく、アナタたちに会いに来たのです」

「ちょっと待て――」

耐え切れなくなったのか、ジャンが口を挟んだ。

静かな視線を向けるクロエに、彼は大股で詰め寄っていく。

「何言っているんだ⁉　事前の打ち合わせと違うぞ‼」

「ですが、これが真実なのです」

「そもそも王政府はアナタを強制徴用し――」

「元々いた工場はいつ潰れてもおかしくありませんでした。この時代、雇用場所があるだけで感謝しています。この国の発展に従事できていることを誇りに思っておりますよ」

あくまでクロエは王政府を庇《かば》う発言を繰り返す。

表情には、どこか呆《あき》れの色が滲《にじ》み始めていた。

「これは、ベルトラム炭鉱群の労働者たちの総意です」

「……っ！　そんなバカな――」

「違うとおっしゃりたいなら、お尋ねします。アナタたちは炭鉱の敷地《しきち》の外まで轟《とどろ》くような爆発音はどう捉えているのでしょうか？」

「はぁ……？　それは親衛隊たちが手りゅう弾で労働者を――」

クロエはくすりと笑った。

「そこまで推測できて気づかないんですか。ストライキ程度の鎮圧で、なぜ爆弾まで持ち出されるのでしょう？　崩落の恐れのある炭鉱で？　小銃で十分。使わざるを得なかった事情があると推測すべきです。そう――労働者たちは重火器で武装していたのです」

「…………っ」

「おかしいですよね？　あの工業地帯は陸軍に見張られている。火器を持ち運ぶなど一般の労働者にはできません。スパイの技術を有する者が手助けをしない限り」

繰り出されるクロエの論理に、言葉に窮するジャン。

その有様《ありさま》に幹部たちは困惑するように「どういうことだ？」と目配せをし合っている。

集会が思うように進んでいないと気づいたのだろう。

中には真っすぐな目でクロエに視線を送る者の姿もあった。まずは話を聞いてみよう、という態度。

冷静な対応に見えるが、どう考えても悪手だ。

ジャンが話を無理やり止めようとした時、クロエは更に言葉を放った。

「おかしい点はまだあります。現場にあった『王は、代えられる』というスローガンを見て反政府運動を推測したようですが、これ、チグハグじゃありません？　労働者が要求するのは、まず労働環境の改善や賃上げでしょう？　なぜ一足飛んで国王を批難するんです？　炭鉱の管理側だってそう。ストライキを抑制するなら、炭鉱群を八つに仕切る金網やプレートなんかにコストを割かず、小汚い宿舎の改善でもすればいいのです」

クロエは一息で言い切り、静かに微笑《ほほえ》む。

「常識で考えれば——背後にいるガルガド帝国のスパイに気づけたでしょう」

エルナは呆然《ぼうぜん》としていた。

(何を語っているんだ？　この人は)

狙いが分からなかった。

確かにエルナの推測には、強引な部分があった。ゆえにエルナはリスクを取り、証言者を求めたのだ。労働者本人であるクロエから彼らの蛮行を聞き出すために。

(こんな素振り、エルナたちの前では一瞬たりとも——)

矢継ぎ早に繰り出されるクロエの言葉に、ジャンは狼狽《ろうばい》しているだけだ。

その反応を愉快がるように彼女の口角が歪《ゆが》むのを、エルナは見逃さなかった。

彼女は講堂の幹部たちへ、高らかに告げる。

「思い出してください！　ガルガド帝国の軍人たちが、ワタシたちの親をいかように殺してきたか！　美しいピルカの街にどれだけの大砲を撃ちこんだか！」

懸命に訴えかける。

まるで自身こそが、悲劇のヒロインかのように。

「空を埋め尽くした爆撃機に怯《おび》えた夜を思い出してください！」

目に涙を滲ませ、聴衆の心を直接、言葉の力で殴りつける。

「──ガルガド帝国のプロパガンダを真に受けないでください！」

「ふざけるなあああああああぁ‼」

ジャンが怒号をあげ、講堂の壁を殴りつけた。

明確な悪意に気づいたようだ。血が滲む拳に構わず、彼女に怒鳴りつける。

「くだらない嘘《うそ》を吐《つ》くな！　王政府の蛮行は──」

「感情に沿わない事実は隠蔽するのですか？」

クロエはくすっと嘲るように笑う。

「──アナタたちが連れて来た証人なのに？」

その余裕の態度は、先ほど炭鉱で怯えていたと証言をした印象とは異なる。

ジャンが言葉に窮した後、救いを求めるように講堂後方のエルナを見た。

「本当なのか？　本当にベルトラム炭鉱群から連れて来た──」

「……間違いない」

エルナも即座に立ち上がって否定する。

すぐに場の空気を変えなければ大変なことになる。

「間違いはないけれど、ただ――」

「真実から目を背けないでください！」

クロエは声を張り上げ、エルナに言葉を紡《つむ》ぐ隙を与えない。

「今もこの国には無数の帝国のスパイ共が潜み、あらゆる破壊工作を仕掛けている。王政府の悪評をでっち上げ、国民同士で憎み合うよう仕向けている」

陶酔するような声音で彼女は小さく微笑んだ。

「この国を唯一守れるのは――ニケ様だけなのです」


「オレの名前を呼んだかな？」

講堂最後方から突如、かけられた声に誰もが息を呑《の》んでいた。

背後にある講堂の扉から入ってきたのだろう。

聴衆の誰もがクロエに意識を奪われた瞬間、音も気配もなく潜り込んだか。

この世のものとは思えないほどの美を体現する女。

美しさと凛々《りり》しさを同時に内包する瞳に、レースカーテンのように軽やかに靡《なび》く髪、そして、慈愛と母性に満ちたふくよかな胸部と、太くしなやかに伸びる脚。

ライラット王国の英雄にして支配者——諜報機関《ちょうほう》『創世軍《そうせいぐん》』の頂点ニケだった。

◇◇◇

パンパンパン、と拍手の乾いた音が響く。

後方から堂々と入ってきたニケは、健闘を称《たた》えるようなニコニコとした表情で講堂中央を進んでいく。手を叩《たた》き、クロエ、そして彼女のそばにいるジャンに笑いかける。

「お見事、よく真相に辿《たど》り着いたね」

「ニケ……」

ジャンの口から生気が感じられない声が漏れた。

講堂にいる幹部たちは誰一人として動けない。全員ニケの容姿は知っているようだ。仮に知らなくても、異様な圧を纏《まと》う、美しい彼女を見れば察するだろうが。

ニケのあとに続いて、彼の付き人らしき男『タナトス』が控え目に頭を下げつつ、講堂に入ってくる。相も変わらず濁った瞳の不気味な男。

二人の闖入者《ちんにゅう》に『義勇の騎士団』のメンバーたちは、一様に愕然としている。

「クロエさんが呼んだのですか?」

真っ先に我に返ったジャンが講壇の人物に詰め寄った。

「集会の場所がバレるはずがない。全てアナタたちが仕組んだ――」

「無関係だよ」

ニケは白い歯を見せ、手をひらひらと振る。

「キミたちの活動は最初から筒抜けだった。無害だから泳がせていただけさ」

敵であろうと見惚《みと》れるほどの美貌を有する女性は、優しい声音で言葉を紡ぐだけで相手の毒気を抜いてしまう。同性であるエルナでさえ惹《ひ》かれる、蠱惑《こわく》的な笑み。

ジャンは唖然《あぜん》とするように言葉を失っている。

しかしエルナの理性は叫んでいる。

（ハッタリだ）

どう考えてもクロエとニケが無関係であるはずがない。

タイミングが良すぎる。先ほどの彼女が行った演説は、訓練されたそれだ。

――クロエ＝ペルシェは『創世軍』の工作員だ。

ジャンもさすがに察しているようだが、混乱したように言葉を出せないでいる。突然のニケの登場、そして、彼女の美貌を至近距離で目の当《ま》たりにし、目が泳いでいる。

「一体、何しに……」

彼の口から漏れ出た声は、あまりに弱々しかった。

ニケは大きく息を吸い、そして信じられない行動をとる。


「──すまなかった」


謝った。

深々と頭を下げ、無防備に後頭部を晒《さら》す。二回、繰り返す。ジャンだけでなく、講堂の幹部たちにも丁寧に身体《からだ》を折り畳み、謝罪の意を示した。

三秒も頭を下げた姿勢で固まり、やがて顔をあげるとすまなそうに眉を曲げる。

「キミたちには大きな誤解をさせていたようだ。ベルトラム炭鉱群の労働者を連れ込んだ、という情報を掴《つか》んで、いい機会なので説明しようと思ったんだ」

あくまで下手に出るニケ。

隣に待機していたタナトスが慌てたように手を動かす。

「……ニ、ニケ様、アナタが謝罪する必要は──」

「うるさい」ニケが彼の足をヒールのつま先で蹴る。

「あんっ」

恍惚《こうこつ》の声を漏らし、タナトスは沈黙する。

いかなる状況だろうと、彼らの関係性は変わらないらしい。

状況にそぐわない、間の抜けたやり取りは『義勇の騎士団』メンバーたちの狼狽を加速させた。もはや呻《うめ》き声を漏らす案山子《かかし》のように静観しかできない。

「…………誤解？」

ジャンが気味悪がるように、眉を顰《ひそ》める。

「何が誤解だと？　説明してくれませんかね？」

講堂の後方でエルナは舌を噛《か》む。

（――会話に乗ってはダメ！）

目で訴えかけるが、ジャンがこちらの様子を見ることはない。

全部が場を整えるパフォーマンスだ。突如現れたのも、己の美しさを誇示する立ち居振る舞いも、突然の謝罪も、惚《とぼ》けた部下とのやり取りも、全て。

会話の主導権は、ニケに握られている。

ぶち壊すべきか、と考える。

だが、ここで目立った動きをすれば、ニケに目をつけられる。動けない。

場のイニシアティブを敵に握られるのを、傍観するしかない。

「彼女の説明通りさ。炭鉱群でのストライキはガルガド帝国が裏で糸を引いていた」

話を促され、ニケは軽やかな声音で語り出す。

「ゆえに王政府は隠蔽する必要があった。『ガルガド帝国のスパイが多数の破壊工作を成功させている』……そんな事実が明るみに出れば、帝国はより勢いづき、国民を不安にさせてしまう。国を守るために必要な措置だった」

詭弁《きべん》だ。

そしてそれを見抜く程度の理性はジャンに残っていた。

「ふざけるな……」

講壇を強く叩きつけ、声を荒らげた。

「……我々の同志がベルトラム炭鉱群で失踪している。お前たちが殺したんだ！　他の労働者たちも――」

「同志のコードネームは『ダイス』、本名はジルベール君だったかな？」

ニケはなんてことないように口にした。

え、と間の抜けた声を漏らすジャンに、優しく笑いかける。

「安心しなさい。国王親衛隊が国民を殺すわけがないだろう？」

ニケが出入り口の方を顎で指し示すと、新たな『創世軍』の工作員らしい女性が、一人の男性を連れて来た。

ジャンとそう変わらない、二十代半ばの男性。短い茶髪のあどけなさが残る顔つき。清潔なシャツを身に纏った彼はすまなそうに「……ジャン」と声を漏らした。

外見の特徴を見て、エルナも察した。

「ジルベール……」とジャンが呆然《ぼうぜん》と呟《つぶや》く。

そう、ベルトラム炭鉱群で失踪したとされていた『義勇の騎士団』の工作員だ。身体のどこにも外傷はなく、肌ツヤは良く見える。

「………ニケさんの言う通りだよ」

彼は講堂の中央に向かい、か細い声をメンバーに送る。

「ベルトラム炭鉱群で死人なんて出ていない。オレはガルガド帝国のスパイに踊らされて、ストライキに参加した。だから知っている。親衛隊が殺したのは帝国のスパイだけだ。労働者は全員保護され、オレは今まで事情聴取を受けていた」

訴えかけるように口にする。

「オレたちが間違っていたんだ。悪いのはガルガド帝国だ。国王じゃない」

分からなかった。

彼は国王を憎み、革命を強く志していた活動家のはずだ。

その彼がなぜニケに媚《こ》びるように仲間を諭しているのか。

頼りにしていた仲間に諭され、ジャンは「そんな……」と掠《かす》れた声を漏らした。目に力がなくなり、虚《うつ》ろになる。

「ふざけるな。オレの親父《おやじ》は──」

「お前自身、言っていただろ？　お前の親父は、暴力革命を肯定していた。市民に被害が及ぶような行為を、政府が認めるはずがない」

ジルベールが気の毒がるようにジャンの肩に手を乗せた。

「送ったはずだ。汚れた翼を。オレたちのシンボル」

「あ？」

「あんな迂遠《うえん》な伝達方法じゃなくて、ハッキリ言うよ。この秘密結社は汚れている。ストライキ直前に気づいた。間違っているのはオレたちなんだ」

「────っ」

魂が抜かれたようにジャンの身体がふらついた。貧血のようだ。懸命に足を動かし、なんとか壁に手をついて体勢を立て直す。

『義勇の騎士団』の代表の心が折れていく様を、見ることしかできなかった。

なんとかせねば、と焦燥が募るが、肝心の言葉が出てこない。

講堂にいる他の幹部たちも同じだ。誰も声をあげられず、互いに事態を推し測るように小声で相談をし合っている。

誰もが脳裏に浮かんでしまっているのだ。否定しようと、頭を過《よぎ》る発想。

——間違っていたのは自分たちではないか。

その焦燥に駆られる幹部たちに、救いの手を差し伸べたのは思わぬ人物。


「キミたちは悪くない」


敵であるはずのニケが、慈愛に満ちた微笑《ほほえ》みを浮かべている。

全てを許し、抱き留める聖母のような表情だった。豊満な胸部を強調するように手を当て、耳をくすぐる声音で口にする。

「むしろ素晴らしいと感動しているよ。自力で爆発事故の真相に辿り着くなんて」

感動に打ち震えるように身を抱く。

「キミたちの優れた諜報《ちょうほう》技術を買っているのさ。若者は政府に反感を抱くものだ。否定するものか。根底にあるのは、国を良くしたい純粋な愛国心じゃないか」

慰めるように彼女は口にする。

「これからは帝国のスパイを捕らえるため、その手腕を振るってくれないか？」

大きな身振り。

腕を振るい、魅力的な姿態を揺らし、講堂の視線を一手に集めていく。

「『創世軍』は、ぜひともキミたち『義勇の騎士団』と協力を結びたいんだ！」

講堂の幹部たちが一瞬、瞳に希望を宿す。

自分たちは拘束されないのか——そんな驚きが見え隠れしていた。

ニケはその反応を楽しむように「頭を下げたいくらいだよ」と開いた掌を向ける。

「どうかオレの下で働いてほしい。キミたちのこれまでの違法行為は、不問としよう。これからは手を取り合い、外敵に立ち向かおうじゃないか！」

講堂はニケの独壇場だった。

誰も口を挟めない。場所がそうさせるのか、まるで彼女の講演を聞きにきた聴講生のような面持ちで、彼女の言葉を受け止めるしかない。

だが、内容は全て聞くに値しない戯言《たわごと》だった。

（何を言っているの、この女は……）

エルナは唖然とするしかなかった。

ニケは組織を丸ごと乗っ取ろうとしている。ジャンたちが代々作り上げた組織を、反乱分子を摘発するために傘下《さんか》にする気だ。

（聞くはずがない。『義勇の騎士団』がどれほど王政府を敵視していたか——）

歓迎会でジャンに教えられた話を忘れたことはない。王政府打倒のために働くエルナたちを彼らは温かく迎え入れ、炭鉱から戻ってきた時は称《たた》えてくれた。

ジャンが提案を一蹴するだろう。

エルナの期待通り彼はそこで初めて余裕を取り戻せたように、小馬鹿にするように鼻で笑った。ニケの提案が協力ではなく支配と、見抜いたのだろう。

「そんなふざけ——」

拍手が沸き起こる。

ジャンが口を開いた瞬間、それを阻《はば》むように講堂中央の男性が手を鳴らし始める。それに同調するように幹部たちの何人かが手を鳴らした。

賛成の表明だった。

彼らは感極まったように口元を震わせ、ニケに憧憬の視線を向けている。

「はい？」

ジャンの表情が驚愕《きょうがく》の一色に塗り替わった。

「おい、『デック』。お前は一体どうして——」

その若い男性は知っている。

エルナたちが収容所から救いだした男だ。大学寮で再会した時、彼は涙を流しながらエルナとアネットの手を握り、感謝を伝えてきた。

彼はジャンが幹部の中でも信頼する、右腕のような存在だったはずだ。

「ニケさんの言う通りだ」

晴れ晴れとした表情で手を叩いている。

「疑問には抱いていたんだ。生活が苦しいのは、帝国の奴《やつ》らが僕たちの国土を侵略したからなんじゃないかって……！」

これまでの主張とは全く異なる。

彼も『創世軍《そうせいぐん》』の工作員なのだろうか？　収容所で既にニケに取り込まれていた？

その可能性が過《よぎ》れど、主張できる根拠はない。

（なぜ……？　こんなに、あっさり……）

だが、結社の最高幹部が寝返ったことで、更に何人かが後押しをされるように、一人、また一人と立ち上がっていき「ニケさんに従うべきだ」「クロエさんの証言も妥当性がある」と寝返りを表明していく。

――『義勇の騎士団』が崩壊していく。

次々と同志が『創世軍』に降っていく。

悪夢のような光景の中、ニケだけが「迅速な判断、素晴らしいね」と笑っている。

「嘘《うそ》だろ……お前たち、どうして……」

信じられないようにジャンが首を横に振っている。

「一体、なんで……何を言っているんだ？　俺たちは王政府を……」

エルナも同様の心地だった。

彼らは長い年月王政府を憎み、活動に励んでいたはずだ。

あえて従い、『創世軍』に潜りこむ手法とも思えない。そんな駆け引きが通じる相手ではない。それは彼らにも明白なはず。

今や三分の一近くの人間がニケに賛同するように拍手を送っている。

エルナはその心変わりの早さに唖然《あぜん》としてしまう。

「――やっぱり、こういう結果になっちゃいましたね」

隣でアネットが吐き捨てるように口にした。

つまらなそうに軽蔑の視線を彼らに送っている。

「アネット？」

「心変わりじゃありませんよ。コイツらが憎んでいるのは、王政府じゃなく社会なんです。怒りの矛先が変わっただけ」

「そんなレベルじゃ――」

「俺様は何度も言っていますっ。この国の人間に救う価値なんてないっ」

アネットは頬杖《ほおづえ》を突いた。

「みんなが一致団結すれば、政府なんて倒せるんですよ。警察や軍隊だって下《した》っ端《ぱ》は庶民。全員協力すればいい。そうやって革命を成し遂げた国は数多《あまた》あるんです」

「…………っ」

「結局のところ――ここの国民に革命を起こす気概はない」

講堂でニケにへつらう顔で拍手を送る、結社の同志を見る。

「あらゆる苦しみは、全部ガルガド帝国のせいと洗脳されるから」

「そんな――」と声が漏れるが、否定しきれなかった。

ヒントは至る所にあった。

――十区の運河そばでガルガド帝国民に差別感情を剝《む》き出しにする若者。

――ベルトラム炭鉱群でニケを英雄視する労働者たち。

――国王の祝典パレードを楽し気な目で眺めている市民たち。

王政府に搾取《さくしゅ》されている国民でさえ、多くが王政府に従順なのだ。

革命など露ほども考えず、国王や貴族たちを称《たた》え、時にガルガド帝国の人間を差別し、そして、自らを監視する『創世軍』にへつらう。

肉屋を応援する家畜。そう表現するに相応《ふさわ》しい。

「中には自力で洗脳を解く人もいるでしょうが、こうやって偽りの真実を摑《つか》まされて、仲間からも説得され、『創世軍』に脅迫されちまえば、あっさり再洗脳される」

「なんで……」

「クラウスの兄貴も言った通り――この国は病に侵されているんです」

事前に告げられていた情報を思い出し、ハッとする。

講堂の中にはいまだ尚《なお》、ニケの主張に抵抗する者もいた。「俺は信じないぞ！」と声を張り上げ、勇敢にニケと敵対する姿勢を見せている。半分以上の幹部たちがニケの甘言に惑わされずに立ち上がり、戸惑っている仲間を励ましている。

「逆らう者は――」

ニケが口を開いた。

「——ガルガド帝国のスパイなのかな？」

講堂を一瞬で覆ったのは、殺気。

あのベルトラム炭鉱群でエルナが感じ取った、冷ややかな威圧。身体《からだ》の機能が壊れたように汗が噴き出す。

さっきまで反抗的な態度を取っていた学生も途端に萎縮する。

——ニケに従えば、生き延びられる。逆らえば、即拘束される。

その二択を突きつけられた時、刃向かえる者などいない。

そもそも地下秘密結社のメンバーは、何の訓練も受けていない若者なのだ。

「安心しなさい。オレがいる。この国を帝国の悪鬼から守り抜いたオレが」

やがて彼女は歩き始めた。

窓からは別の足音が聞こえてくる。既にこの講堂は囲まれているのだろう。ニケは多数の部下を引き連れていたようだ。

「愛すべき国民よ。オレの言葉だけに耳を傾けろ」

ニケはおもむろに腕を上げる。指揮者のような優雅さで手を振り、空中で止める。

彼女の細い人差し指はまっすぐ——エルナの顔を示している。

「調べたところ――その少女たちは、ガルガド帝国民らしい」

まずい、と咄嗟《とっさ》に身を翻《ひるがえ》す。

ニケに寝返った学生たちが猛《たけ》るように「アイツらは帝国のスパイだったんだ‼」と怒号を上げた。「オレたちを洗脳していたんだ！　ひっ捕らえろおぉ‼」

逃げれば認めるようなものだが、説得できると思えない。

次の瞬間、講堂の窓が割れ、無数の工作員たちが講堂に突入してくる。

割れた窓ガラスに怯《ひる》んだ『義勇の騎士団』の幹部が次々と拘束される。

エルナは一歩前に出て、講堂の中央へ高く飛び出した。スカートからアネット特製の煙幕弾を炸裂《さくれつ》させる。巻き上がった白い煙は、講堂の空間全てを覆い隠していく。

「全員、煙幕に紛れて思い思いに逃げて！　地の利はある‼」

今自分にできることは一人でも多くの同志を救い出すこと。

そして、なによりニケの手から逃れることだ。

このままでは『義勇の騎士団』は完全に崩壊する。

『義勇の騎士団』が用意した抜け道は教えてもらっている。大学南端の資料室に到達し、本棚を押し倒せば地下に繋《つな》がる通路があるのだ。

煙幕を突っ切って、工作員たちが割った窓を、逆に飛び出した。

だが講堂外の中庭に降り立った時、待ち構えていたように拳を振り上げる男がいた。

「裏切り者がああああああっ！」

唇を噛《か》む。

『創世軍』の工作員ではない。エルナを襲うのは『義勇の騎士団』の仲間。歓迎会の場でエルナに酒ではなく、ジュースを勧めてくれた男性。

隠し通路を使うことを予期し、先回りしていたのだろう。

かつてクラウスが授けてくれた教えが改めて頭を過《よぎ》った。

『なぜ革命が実現しないか？　それは、この国が大きな病に侵されているからだ』

『貴族の貴族による貴族のための政治——国民の生活を蔑《ないがし》ろにする、超格差社会がなぜ容認されているのか、という答えは、明白だ』

『——国民が王政府を憎まないからだ』

『一部の知識人や活動家が王政府を批難しても、それが国全体に波及しない』

『国民が恨むのは、国王ではなくガルガド帝国』

『帝国を憎むよう洗脳される。諸悪の根源は、帝国の悪鬼共が原因だと。ラジオや新聞、噂《うわさ》で毎日のように彼らの蛮行を知らされ、洗脳されていく』

『ゆえに革命は起きない』


それがライラット王国に蔓延《はびこ》る病。

どれだけ虐《しいた》げられようと、どれだけ悪環境に追いやられようと、国民の怒りは全てガルガド帝国に向けられる。

王政府を批難する者は、ガルガド帝国のスパイ――そんな暴論がまかり通る。

――ガルガド帝国がライラット王国を侵略したのは、紛れもない事実だから。


エルナは「ごめんね」と呟《つぶや》き顔見知りの仲間に肘打ちを叩き込む。

幸い講堂を抜け出せたのは、エルナ以外に十人ほどいた。ニケに取り込まれなかった『義勇の騎士団』のメンバーたち。その中には悔し気なジャンの姿もある。

が、そこから離れようとした瞬間、二人の仲間が吹き飛ばされる。

「――『アイオーン』と名乗っとる」

小柄なスーツ姿の男性が立っていた。見た瞬間、深紅の太いマフラーと右こめかみに刻まれる骸骨のタトゥーが浮き立つようにハッキリと目に入る。講堂から追いかけてきた彼は軽い跳躍で、エルナたちに接近すると飛び蹴りで更に二人の学生の顎を打ち抜いた。

マフラーをズラし、エルナに小さく舌を出した。

「安心しや、嬢ちゃん。悪いようにはせんから」

男性にしては高めな声で挑発的に口角を上げる。

じっとエルナを観察する瞳に薄ら寒いものを感じて動けない。

ジャンは四人の仲間と反転。資料室へ向かう道を諦め、別の道を進もうとする。しかし、既にその道にある不幸の予兆をエルナは感じ取る。

「そっちじゃない‼」

制止をかけるが、間に合わない。

不用意に中庭を駆け抜けようとしたジャンたちの身体が、重力をなくしたように宙へ浮いた。彼らの両脚は、全てワイヤーに搦《から》めとられている。

「――『キルケ』です」

ワイヤーのそばに立っていたのは、有り得ないほどの長髪の女性。

足先まで伸びるような髪を何重にも顔や身体に巻き付けている。口元さえ髪で覆われ声が聞き取りづらい。彼女の手元には、細長い針が握られている。

「無駄な抵抗をやめてください。私もニケ様の寵愛《ちょうあい》を受けたいのです」

二人とも『ニケ』の部下のようだ。武闘派の男と、罠《わな》使いの女。

これまでエルナたちが倒してきた『創世軍《そうせいぐん》』の工作員たちとはレベルが違う。

挟み撃ちにする立ち位置でエルナを包囲する。

窮地を打開するための策を探していると、更なる絶望の声が届いた。


「『アイオーン』と『キルケ』――いいね！　順調に人材も育っているようだ」


振り返るまでもなかった。

ニケが拍手を響かせ、講堂から歩み寄ってくる。

「『黒蟷螂《くろかまきり》』とやらに優秀な部下を次々と殺された時は焦《あせ》ったが。案外なんとかなった。

海軍情報将校あがりの新人コンビだったかな？」

彼女の背後には、付き従うように立つタナトスの姿もあった。

「……ニケ様は教育にも熱心ですから……って、なぜぼくを抓《つね》るんです……？」

「いやぁ、育っていないのはお前くらいだと思ってねぇ。タナトス？」

「あっ……んっ………」

「あれぇ、こんな任務時でも興奮するのかい？　変態にはお仕置きだ」

なんの予備動作もなく、ニケがタナトスの尻を蹴り上げる。彼の身体はあっさり浮き上がり、中庭にある銅像に叩《たた》きつけられる。

ニケは、なまめかしい声を漏らして倒れるタナトスの顔面を踏みつけた。

「優秀な人材は常に募集中さ」

嗜虐《しぎゃく》的な笑みを湛《たた》える。

「洗脳してあげよう、キミたちもね」

鳥肌が立つ。

思わず目線を下げた瞬間、ニケに顔を踏まれても尚、喜びの笑みを隠さないタナトスが目に入る。だらしなく涎《よだれ》を垂らし、息を乱しながら腰をもぞもぞと動かしている。

「……あぁ……いぃ……」

ねっとりとまとわりつくような声でタナトスは口にする。

「………これからニケ様に支配される、キミたちが、羨《うらや》ましぃ……」

膨らんだ股間が視界に入り、悲鳴を堪《こら》える。

逃げることなど叶《かな》わない。

エルナやアネットを含めた『義勇の騎士団』のメンバーたちは、すぐに講堂に引き戻される。結局誰一人として講堂から離れることは叶わなかった。

講堂には『義勇の騎士団』の幹部たちが何十人と集められていた。

大学寮の拠点にいたメンバーも連れてこられている。

「拘束具なんか使用しないよ」

ニケが軽やかな口調で語る。

「だって、これからキミたちと友好的な関係を築くんだからね。オレの誠意さ」

何人かのメンバーが嬉《うれ》しそうに頷《うなず》いているのが、薄ら寒い。

違うのだ、と言いたくなる。彼女の人心掌握は、拘束具なんて目じゃない。

項垂《うなだ》れるエルナの前に、ニケが軽やかな足取りでやってきた。

彼女はニコニコと笑みを崩さず、けれど瞳の奥に蔑みを隠さずに話しかけてくる。

「炭鉱群でも会ったかな」

覚えていたようだ。

髪色を変えていたはずだが通じなかったか。

「キミたちがクロエ君を連れ出したのか。ストライキ運動も暴いたんだね。お見事」

「…………」

何も答えなかった。

一言でも発してしまえば思考全てを盗まれそうな気がした。

ニケは気を悪くする様子もなく親し気に語りけてくる。

「先月ニルファ隊の人間を蹴散らしたのもキミたち——と解釈していいかな」

「————っ」

時間の問題ではあったが、早すぎる推測に言葉を失ってしまう。

せめて『秘密結社の一構成員』という立場でいたかったが、儚《はかな》い願いか。

ニケはエルナの肩に手を置き「あとでたっぷり吐いてもらおう」と囁《ささや》いた。

肩が握り潰されるんじゃないか、と慄《おのの》くほど強く力が込められた。

痛みに顔を歪《ゆが》ませながらも、必死で睨《にら》み返す。

「全部、罠だったの……？」

「ん？」

「クロエ＝ペルシェは『創世軍』の工作員。炭鉱労働者に紛れ込んで、ストライキ運動のことを調べに来る者を報告する役目を担《にな》っていた」

予定を変える。自身の正体が疑われている以上、口を閉ざしても利はない。

少しでもニケから情報を得たかった。

「釣り《フィッシング》──アナタたちの得意技」

事前に知っていただけに悔やまれる。

全てが彼女の掌《てのひら》の上だった。

そもそも炭鉱群自体が罠だらけだった。ジャンのような反政府思想を持つ者ならば、ベルトラム炭鉱群の爆発事故の隠蔽に気付く。踏み込まざるを得ない。

ニケはそこで活動家を炙《あぶ》り出そうとしていた。

「秘密結社を誘《おび》き寄せるために、あえて──」

「──痒《かゆ》い」

突如、ニケが自身の腕に爪を立てる。

左腕の内側に一本の赤い線が引かれた。絹のような滑らかな肌のその一部だけが、赤らんでいる。

自虐するように溜《た》め息を吐《つ》いた。

「迷惑をかけさせないでくれ。この年になると、肌のケアも大変なんだ」

「はい？」

「ダニアレルギーさ。軽度だから、機密情報でもないけど」

彼女はエルナから視線を外し、講堂を見渡した。そこには『義勇の騎士団』のメンバーが集められている。

彼女は目に映るもの全てを忌《い》むように目を細めた。

「――ダニは潰しても潰しても潰しても潰しても潰しても、キリがない」

再び左腕にカリカリと爪を立てる。

彼女の本質が垣間《かいま》見《み》えた。

ニケはエルナたちを、同じ人間という扱いさえする気がない。

王政府を憎む秘密結社全ての人間が、害虫。

理解しえない感覚。エルナはまだしも、ジャンたちはライラット王国の自国民ではないか。スパイとして守るべき対象を、なぜこれほどまでに軽んじられるのか。

「アナタたち『創世軍』は国王親衛隊と手を組み、労働者たちを殺した……‼」

あの爆破痕の残る炭鉱を見れば、それは紛れもない真実なのだ。

「軽蔑する！　アナタに国を守る使命感なんてない！　自身の権力を守るために、刃向かう者を殺しているだけ！」

「何を根拠に？」

ニケは冷めたように吐き捨てる。

「妄想を広めるのは、やめてくれよ」

「この目で見た！」エルナは強く主張する。「あの炭鉱の惨状を――」

「だから全てはガルガド帝国の工作なのです」

否定したのは、背後に立っていたクロエだ。

気の毒がるように眉を顰《ひそ》め、首を横に振る。

「あの炭鉱で三年、働いていたワタシが言うのだから間違いありません。あの炭鉱群では、無数のスパイが労働者たちを煽動《せんどう》しておりました。武装した労働者を鎮圧するため、国王親衛隊は仕方なく火器を使用したのです」

「オレも保証する」

続けてジルベールが声を発した。

諦めるように首を横に振り、せせら笑う。

「『義勇の騎士団』だったオレも同意見だ。ストライキに加わった労働者は、全員帝国のスパイに騙《だま》されていたんだ。大丈夫、労働者は一人も死んでいないよ」

エルナの言葉は全て潰される。

縋《すが》るように講堂内の幹部たちに視線を送る。しかし、あとに続く者は誰もいない。項垂れたように床を見つめている。活動の時に見せていた勇猛な瞳は、どこにもない。

――所詮は、意識が高いだけの左翼学生集団。

足から力が抜けてしまう。

こんな奴《やつ》らに何を期待していたのか。

こんな秘密結社を支援しても、革命など夢のまた夢。全てを諦め、共和国に帰るべきだ。

この国で飢える国民を救うなど、思い違いも甚だしい。

「あははっ」

誰かが笑った。『創世軍』の一人だろう。

懸命に声を張り上げたエルナを嘲笑《あざわら》う声。

「ははははっ」「あはははあはっ」

『アイオーン』と『キルケ』もまた腹を抱えて、笑う。

「はははは　っ」「はははっ」「キャハハッ」「あはははっ」「ぐははっ」

『タナトス』もクロエもジルベールも、『創世軍』の人間たちの嘲笑で講堂は満たされた。

その一つ一つの声に、身体《からだ》を抉《えぐ》られるような痛みがはしる。思い上がっていた幼稚さが恥ずかしい。羞恥心に悶《もだ》える。

勝てるわけがないのだ。かつて養成学校の落ちこぼれだった自分如《ごと》きが。

心が冷え込む感覚に苛《さいな》まれた時、手が温かなものを感じ取った。

アネットが自身の震える手を握ってくれていた。

「大丈夫ですよ、エルナちゃん」

「アネット……」

いつの間にか隣に立っていた彼女。

その無邪気な笑みを、これほど心強く感じたことはない。

「俺様っ、こんなこともあろうと策を練っていましたっ！」

やけに大人しいと感じていたが、奥の手があったようだ。

彼女は最初から『義勇の騎士団』を信頼していなかった。全て見越していたのだ。

「さすが、アネ――」

「コードネーム『忘我《ぼうが》』――組み上げる時間にしましょうっ！」

彼女が腕を振るった時、爆音が背後で響いた。

悲鳴が講堂にこだまする。

不穏な気配に振り返れば、一人の男性が倒れていくところだった。腹部から大量の血を噴き出している。明らかな致命傷。真っ先に仲間を裏切り、エルナたちを殴りにかかった『義勇の騎士団』の元メンバー。『デック』の姿。

負傷者は彼だけでなかった。彼の周囲にいた『創世軍』のメンバーも数名、怪我《けが》を負っていた。肩や足から流血が見られる。

小型の爆弾が使用されたらしい。

起爆すれば周囲の者に被害をもたらす威力。

「ほぉ」ニケが感心したように呟く。「味方を爆破させるか」

アネットが一体、何をしたのか理解した。

彼女が事前に爆弾を仕掛けられるタイミングなど一つしかない。

「…………爆弾入りの通信機を仲間に配っていたの？」

「ここにいる幹部全員が俺様の爆弾ですっ！」

当然のようにアネットは肯定する。

彼女は『義勇の騎士団』加入当初、幹部たちの通信機を改良した。

そこに火薬を仕込んでいたようだ。アネットの手元のリモコンで、持ち主と周辺の人間を無差別に攻撃する爆弾を。

ここにいる『義勇の騎士団』の幹部たち五十名が特製通信機を所持している。

メンバーたちが一斉に悲鳴をあげた。爆弾が起動すれば、持ち主は命を落としかねない。

彼女が本気なのは、苦悶《くもん》する『デック』を見れば分かる。

「仮に通信機を手放そうとすれば――」

アネットが先んじて口にする。

「――俺様はソイツの通信機から起爆します」

彼女は手元のリモコンをかざしながら楽し気に笑う。

講堂内の誰もがアネットの宣言に慄いている。

『義勇の騎士団』の幹部たちは、自身のポケットに入っているものの恐ろしさを理解し狼狽《うろた》えている。彼らを包囲する『創世軍』の工作員たちは講堂の壁際《かべぎわ》に身を退《ひ》く。

「俺様たち二人を逃がさなければ、爆弾全てを起爆させます」

彼女の言葉で再び講堂の空気が一変する。

アネットの前に敵も味方もない。あるのは、自分と自分以外。彼女は『義勇の騎士団』

も『創世軍《そうせいぐん》』も関係なく、皆殺しにする気だ。

紛れもなく窮地を打開する策ではあるが――。

（違う……そんな真似《まね》………）

エルナは絶望に苛まれる。

隣にいる少女は理解不可能な怪物だった。

コントロールなどできるはずもなかった。自身たちをもてなしてくれた歓迎会の場で、彼女は仲間を爆殺できる算段を立てていた。

「随分とイカれてるね」

ニケは感心するように笑っている。

「悩ましいな。爆弾全てを起動されたらオレはともかく、部下の多くは命を落とすだろう。この講堂から離れるよう部下に命じれば、キミたちに逃げられてしまう」

「今の俺様は、とびっきりの俺様なので」

アネットは得意げにリモコンを構える。

「――どんどん悪くなることを、俺様はもう恐れませんっ」

隠さない彼女の本性。

今のエルナはどう受け止めればいいのか分からない。

ニケだけは歓迎するように髪をかきあげ、己の唇を舐《な》めた。

「いいね。敵にはこれくらいの気骨がないと」

「テメーに褒められても嬉《うれ》しくねぇです」

「ただ惜しむらくは一つ見落としがある。自分が世界の中心だと思っている人間にありがちなミスだよ」

「ん？」

「他人の観察不足だ」

ニケは囁《ささや》くように言う。

「この国ではオレさえ生き残れば、全てどうでもいいんだ」

目で訴えている——部下の命も、国民の命も、何の価値もない、と。

異常過ぎる思考だが、彼女の部下は何ら動揺していない。それこそが常識と言わんばかりに、静かに警戒を続けている。

アネットは「そうこなくっちゃ、ですねっ」と微笑んだ。

「奥の手はまだありますよ？　お前をぐっちゃぐちゃに壊すための」

「魅《み》せてくれ。『創世軍』のトップ工作員には、裁判省略の死刑執行権が認められている。存分に応えられるよ」

「それなら俺様も持っていますっ！　俺様の法律で」

「気が合うね、オレたち。今度、ヌーディストビーチにでも行かない？」

「俺様っ、オバサンの裸体なんて見たくないですっ」

「オレのプライドがズタズタだ。泣いちゃうぜ」

殺気を強めていくニケに、アネットは一切怯《ひる》まず歯を見せている。

だが直感が告げている。アネットでは勝てない。

いくら彼女と言えど、この別格の女を凌《しの》げるはずがない。

「じゃあ、和やかに親交を深めたところで――」

ニケは、武器を要求するように部下の『タナトス』に手を差し出した。

「――法律に則《のっと》って刑を執行する」

アネットの手を強く握る。

ここで殺されるのならば、せめて彼女の隣にいたかった。『灯《ともしび》』創設当初に孤立していた自分に、真っ先に抱き着いてくれた親友と。

しかし、彼女の手を握れば握るほど生きたいという衝動が溢《あふ》れてくる。

「助けて………」

喉の奥から声が出てくる。

「……助けて……せんせい……」

真っ先に出てきたのは、状況を覆《くつがえ》せる心の拠《よ》り所。

しかし彼は来てくれない。今回の任務は少女たちで成し遂げると約束した。

次に出てきたのは、とても大切な存在。

まるで本物の姉のようにアネットと自身を支えてくれた人。常に慈愛に満ちた笑みで、何度も頭を撫《な》でてくれた存在。

「助けて……サラお姉ちゃん……」

視界にふわりと羽根が舞い降ちる。

焦げ茶色の大きく雄々《おお》しい、一枚の羽根。

正面にいたニケが、エルナたちから視線を外した。

彼女が目を向けた方向を振り向く。

割れた窓枠に足を引っかけ、一人の少女が微笑んでいた。講堂の天井を羽ばたいていた大きな鷹《たか》は、彼女の肩に止まっていく。

「――お久しぶりっす。エルナ先輩、アネット先輩」

見違えるほどに背は伸びている。トレードマークだった帽子は取り払われて、丸みを帯びた顔のラインが露《あら》わになっていた。師匠譲りなのか、アシンメトリーの髪型が様になっていて、かつて小動物のように感じられた瞳も、今では年相応の力強さを宿している。

――『草原《そうげん》』のサラが講堂の窓で笑っている。

一年以上の歳月を経ての再会にエルナの頬から自然と涙が伝った。

間章　草原Ⅲ

夜になると、サラは動物小屋を訪れる。

掃除は朝に済ませるので、この時にするのは水や餌の補充くらいだ。それでも毎日来るのは、単純にペットと触れ合いたいから。

誰よりも勇敢でとうとう『炯眼《けいがん》』というコードネームまで与えられた鷹、バーナード。

肥えているが、頑張る時は懸命に翼を羽ばたかせるカワラバト、エイデン。

最近は成長し、とうとうサラの帽子に収まらなくなった黒い犬、ジョニー。

頻繁に増減があり、サラ以外の少女たちは覚えきれないほどのネズミたち。

サラが動物小屋に入ると、彼らは甘えるように寄ってくる。

慕われていることに感謝しつつ、冷静に自分を捉え直す。

――例えば、一般人に備わったスパイの平均的な才能が10とする。

――きっとサラの才能は50前後あるはずだ。

もちろん、これは甘く見積もった数値。

自身のことは信じられなくてもモニカやクラウスのことは信頼できる。彼らに認められた自分を疑う真似はしたくない。間違いなく、自分は十分に天才と言える部類。

——ただ、ハイジ、クラウスやモニカの才能は1000を超える。

認めなくてはならない圧倒的な格差。

「きっと自分を褒めてくれる人たちだって——」

動物小屋で呟《つぶや》きを漏らしている。

「——自分がボスを超える実力者になるなんて、誰も思っていない……」

仕方がないと受け入れても、悔しさと虚《むな》しさが同時に襲いかかる。

『灯』の仲間を守るためには、どうしたらいいのか。いつか、ではなく、今やれること。

そう長い息を吐いた時、何かが腹に体当たりしてきた。

「…………バーナード氏？」

一番の相棒である鷹だった。

サラのお腹《なか》くらいの位置で、バタバタと翼を動かし暴れている。何度も翼を身体《からだ》に擦り合わせるような、ぴょんぴょんとジャンプする奇妙な行動。

続くように鳩《はと》や犬、ネズミたちも強く体当たりしてくる。

「どうしたんすかぁ？　くすぐったいっすよぉ。ジョニー氏も、エイデン氏も、ケヴィン氏も、コリン氏もぉ、バイデン氏もぉ」

鳩はサラの帽子の上に止まり、犬は腹にしがみついて尻尾を振り、ネズミたちは群れを成して足の周りをかけずり回っている。

今日はいつになく激しく、甘えてくるようだった。

くすぐったさに頬を緩めていると、彼らが一定の方向へサラを押し出していることに気がついた。

ペットたちが力を合わせて、懸命にサラを出入り口へ誘導している。

「……どこかに連れていこうとしている？」

彼らの奇行に、サラは首を傾《かし》げていた。

◇◇◇

月夜の晩、無数の動物たちと一人の少女が、隊列を成して行進する。

傍《はた》から見れば童話のような光景に映っただろうが、幸い人とはすれ違わない。

先頭で羽ばたいている鷹のバーナードがルートを確認しているようだ。そこに黒犬のジョニーが鼻を動かし、あたりを警戒。ネズミたちはサラの周りに群がり、急げ急げ、と促してくる。カワラバトのエイデンはサラの頭で鎮座したまま動かない。

ペットを導いている普段とは逆だ、とおかしみを感じつつ、道を進んだ。

港町の中心に近い場所にある拠点から、山の方向へ。進んで行けば、エマイ湖という観光名所があるが、そこまでは遠すぎる。

建物が少なくなっていく方向に、ペットたちはサラを押していく。

ある場所でバーナードは地面に止まった。

――雑草が生い茂る空き地。

かつて畑だったのが、誰も利用せずに荒れていったのだろう。そこだけ建物がなく、ぽっかりとだだっ広い空間が開け、草が無秩序に生えている。

「……………………草原」

無論、ただの空き地に草原と言えるほどの空間は広がっていない。

だがペットたちが何を見せたいのか、自然と伝わった。

サラにしか分からない、本能のようなものが教えてくれている。きっとバーナードが仲間を導き、この光景を見せてくれたのだ。

自身のスパイとしての始まり。『草原』というコードネームの由来。
・スパイにスカウトしてくれた男が語ってくれたのだ。
潰れた実家のレストランに突如やってきた端整な顔立ちの金髪《きんぱつ》の男は『もし来るなら、オレがコードネームを決めてやるよ』と軽快に指を鳴らした。

『はい？』

『養成学校の教官につけられるより、そっちの方がいいだろ』

まだ養成学校に行くとも決めていないのに、勝手に話を進められる。

彼は、うーん、と腕組みをしたあとで、皮肉気に笑った。

『――「燎原之火《りょうげんのひ》」』

『はい？』

『……いや、長いな。野原、原野、うーん、草原かな。なんかよく燃えそうだし』

言葉自体は聞いたことがある。

【燎原之火】――野原に灯《とも》った火のように、勢いの止められない猛火。

このスカウトを名乗る男がなぜ火に関連する言葉を好むかまでは分からない。こだわりこだわりがあるのか、うんうん、と納得したように頷《うなず》いている。

燎原之火という言葉に込めた意味は分からない。

『火を勢いよく燃やすには、草原がいい』

『一体、何が……』

『炎だけじゃ燃え広がらないんだよ。生き物の身を隠し、育て、そして時に炎と共に燃え上がってくれる存在があるべきだ』

彼は呟いた。

『たとえそれが、名もなき雑草どもの群れだとしても』

スカウトの男は『いずれ分かるよ』とだけ伝え、去っていった。

それ以来、サラが彼と会ったことは一度もない。彼の正体はいまだ知らない。


サラは思考を目の前の空き地に戻した。

しゃがみこみ、ジョニーが弄ぶように噛《か》んでいる草の一つに触れる。

凡人の比喩に使われがちな「雑草」。これも過酷な生存競争を勝ち抜いたエリートに違いないのだが、人間様から見れば名もなき草か。

スカウトの言葉が過《よぎ》った時。つい自身を重ねてしまう。

（養成学校の落ちこぼれ……でしゃばらず、身の程を知り、凡人として諦めた……）

かつて身の程を弁《わきま》えろ、と叱責され、退学寸前だった養成学校時代。

海辺で何度も泣きじゃくり、運命を呪った。

（けれど、そんな自分を見つけて、導いてくれた人たちがいた）

クラウスは自身の可能性を認め、『灯《ともしび》』に招いてくれた。

『灯』の仲間は自身を見捨てず、対等の仲間として接してくれた。

（……最初はそれでよかった）

どれだけクラウスが甘やかしてくれたか。

自分ほど仲間に恵まれた者は世界に存在しない――そう胸を張って言える。

（スタートラインにさえ立てていない、未熟者だったから。おだてられて、褒め続けてもらえなければ、初めの一歩も踏み出せなかったから）

けれど、今はようやく一歩を踏み出せた。

どれほど恵まれていたのかを自覚できた。優れた才能があることも自覚し、それでも尚《なお》届かない理想を夢見ることもできた。

　だから自分は――。

　ふと一つの道筋が見えた時、後ろから明るい声が飛んできた。

「サラの姉貴、ここで何をしているんですかっ？」

　振り向けば、牛乳瓶を手にしたアネットが笑っていた。

　お風呂《ふろ》上がりのようだ。しっかり髪を乾かしていないのか、微《かす》かに濡《ぬ》れているように見える。パジャマ姿のまま、ここまで歩いてきたようだ。

「アネット先輩……」

　髪が乾ききらないほど急いで、自分を追いかけてくれたのか。

　アネットはけらけらと笑って「ここ最近、サラの姉貴が構ってくれないので発信機を取りつけましたっ！」と悪びれもせず語る。

　苦笑していると、彼女はそっとサラの方に体重をかけてきた。

　まだシャンプーの香りが残る髪が、右の二の腕に押しつけられる。

「俺様、もっと悪くなりますよ？　飼い主がしっかり調教してくれなきゃ困ります！」

「自分がアネット先輩の飼い主というのは、初耳っす」

「悪くなる俺様を、サラの姉貴は受け入れてくれるなら――」

彼女は小さく口にした。

「サラの姉貴だって、もっと悪くなってもいいんじゃないですかっ？」

告げられた言葉に目を白黒させてしまう。

アドバイス――なのだろうか。まさかのアネットからの。

予想外だったが、悪い気はしなかった。彼女の言葉は発想を後押ししてくれる。

「奇遇っすね」アネットの頭を撫《な》でる。「自分も同じことを考えていました」

思いがけない、アネットの恩返し。

彼女が一つの手本だった。自身とは全く違う生き方を送る少女。奔放で周囲に迷惑をかけることも厭《いと》わず、思うがままに生きていく。

アネットが、にひひ、と嬉《うれ》しそうに口に手を当てた。

「無視しとけばいいんです！　クラウスの兄貴も、モニカの姉貴も！　天才すぎる人間は結局、サラの姉貴とは分かり合えないんですから」

自身の悩みも見抜かれていたらしい。仲間に隠し事は得意ではないので、驚かない。

悪さ――それがサラに欠けていた素養。

悪さにおいてアネットほど優れた師匠は存在しない。

「力をあげますよ。俺様が悪くなる姉貴を支えます」

アネットは空の牛乳瓶をポケットに捻じ込み、代わりに新たなものを取り出した。

いくつかの首輪のように見える。

《秘武器《ラストコード》》——アネットが仲間一人一人のために作り上げた、特製のスパイ道具。

サラは唇を固く結び、彼女から首輪を受け取った。

「ボスやモニカ先輩には思い描けない、最高の自分を作り上げるっす」

目標を得た時、人は遠さに心を挫《くじ》かれる。壁にぶつかり、もがき苦しむ。

スパイとしての理想を手にしたサラが直面した困難。

しかし、それは彼女が新たな自分を手に入れるチャンスでもある。

4章　超人と凡人

突然講堂に現われたサラに対し、ニケは「邪魔が入っちゃったなぁ」と不愉快そうに眉を顰《ひそ》めた。大きく息を吐き、白い目を向けている。

他の人間はまるで理解できないようだった。『創世軍《そうせいぐん》』の工作員たちは闖入《ちんにゅう》者を警戒するように拳銃を構え、そのただならぬ反応を見た『義勇の騎士団』のメンバーたちは困惑し、どこか怯《おび》えるように口を開けている。

ニケが「誰だよ？」と髪をかきあげた。

武器を受け取るような素振りを中断し、サラに視線を投げている。

「今、ご機嫌なんだぜ？　人間爆弾のスプラッタ惨劇を見られるっていうんだから」

その態度は、顔の横を飛び交う羽虫を毛嫌いするようだった。恐れはない。

込み上げてくる感動がエルナからすっと引いた。

（サラお姉ちゃん………）

駆けつけてくれたことは嬉しいが、相手は諜報《ちょうほう》機関『創世軍』のトップだ。

一人で対処できる状況ではない。加えて言えば、ここにはニケ選《え》りすぐりの『創世軍』の工作員が何人もいるのだ。

サラは窓枠に足をかけたまま、大きな瞳でじっとニケたちを見つめている。

誰か、と問われた彼女は、ハッキリと答えた。

「アナタが今一番捜している人物っすよ」

言葉の意味が分からなかった。

エルナだけではない。集った『義勇の騎士団』は一層困惑を強め、『創世軍』の工作員たちは冷静に観察するような視線を送っている。

たっぷりの沈黙を置いて、サラが挑発的に笑いかける。

「そうっすよね、ニケさん」

「意味が分からねぇな」

ニケはまるで理解できない、といった態度で首を捻《ひね》る。

サラはその反応を予想していたように、微笑んだ。

「一見意味が分からないのは、アナタも同じっすよ」

「ん？」

「『義勇の騎士団』なんて取るに足らない集団っす。違法行為を繰り返し、反政府活動を続けていますが、国の脅威になるほどじゃない」

彼女の声が講堂に浸透していく。

聴衆の視線を一手に引き受けた瞬間、彼女は告げた。

「『創世軍』のトップ――ライラット王国を支配するアナタが直接、出る理由がない」

言われて、ようやく思い至る。

彼女の登場というインパクトに度肝を抜かれていたせいで考えもしなかった。ライラット王国に多数のスパイが入り込んでいるのは彼女が言及した事実だ。他にも無数の秘密結社潰しに手を焼いていることも、かつて彼女の部下である『モモス』が仄めかしていた。

こんな学生中心の秘密結社など、部下に任せればいいのだ。拘束するだけなら、彼女は不要。直接会いたければ捕らえたあとに、自身の前まで連行すればいいのだ。

しかし、大学の講堂にニケはわざわざ足を運んできた。

なぜ？　それほどまでに『義勇の騎士団』を警戒していた？

「おいおい、なんてこと言うんだ」

ニケは心外と言わんばかりに肩を竦めた。

「それほどオレが彼らを高く買っている証左じゃないか」

「こんなあっさり崩壊する無能集団を？」

切り捨てるようにサラは一笑に付す。一年前の彼女は見せなかった、冷ややかな表情。

『義勇の騎士団』のメンバーたちが気まずそうに唇を噛《か》んだ。

サラはそんな彼らを見ず、ニケと対峙《たいじ》している。

「アナタには別の目的があった——そう推測するのが妥当っすよ」

「少なくとも不審者の戯言《たわごと》に付き合うほど、暇じゃないんだよね」

ニケは煩わしそうに手を振った。

次の瞬間、講堂にいた『創世軍』の一人が駆け出した。その男は軽快に机の上を跳ねるように飛び、講堂の窓枠にいるサラに向かって猛進する。

動きは俊敏だ。かなり訓練されたスパイなのだろう。

サラが刺殺される光景を想像し、エルナは悲鳴をあげそうになる。

「自分が一人だけだとでも？」

サラは動じなかった。

肉薄してくる男性を嘲笑《あざわら》うようにセリフを吐くと「コードネーム『草原《そうげん》』——駆け回る時間っす」とナイフを抜いた。

サラが攻撃に備えると同時に、別の窓から俊敏な影が飛び込んでくる。

挟み撃ちにされた男は、迅速に対応した。ナイフを向け、前方のサラを警戒すると同時に、後方の敵を拳銃で撃ち抜こうとする。しかし放たれた銃弾は命中しなかった。

窓からサラをサポートするよう飛び込んできたのは——一匹の白いネコだった。

「ナイスサポートっす、オーレリア氏」

銃弾をすり抜けた白猫は、男の顔に爪を立てる。

挟撃——ネコと同時に、サラがナイフの柄で彼の側頭部を殴った。

あまりに計算された手際《てぎわ》だった。相手に人が来たと錯覚させ、動物を用いて奇襲をかける。『調教』×『擬人』——彼女が得意とする騙《だま》しの技。

サラの圧勝だった。敵は机にもたれるように倒れ伏し、その男の口に銃口を捻じ込む。

「……油断しすぎだ、バカ」

ニケは残念がるように目を細めている。

エルナは思わず目を疑っていた。

（本当に、サラお姉ちゃん……？）

彼女の記憶にある、気弱で怯えてばかりの少女とはまるで印象が異なっていた。ニケ相手に堂々と啖呵《たんか》を切り、騙し打ちとはいえ一流のスパイを凌《しの》いでみせる。

「まだやりますか？」

サラは引き金に手をかけ、威圧する。オーレリアと呼ばれたネコは、男の頭の上で気高く威嚇している。

いまやサラが敵を人質に取っている。

「訓練された工作員一人を見捨ててでも、自分の言葉を否定したいんですか？」

「…………………………」

ニケは沈黙している。倦怠《けんたい》感を滲《にじ》ませ、つまらなそうに表情を硬くしている。

サラが作り出した状況にエルナは感嘆した。

──ニケは、サラと言葉を交わさざるを得ない。

いくら彼女が部下の命を軽んじていても、人一人にかける育成コストは安くないはずだ。必要に迫られればあっさり見捨てるだろうが、相手は対話以上の要求はしていない。

ここでニケが会話を拒絶すれば、サラの言葉が真実味を持ってしまう。

ニケ自ら直接サラを襲おうとも、その数秒間でサラは講堂の人間に言葉を託せる。彼女の言動は、それが『ニケ』の弱みと仄《ほの》めかしている。

「もう一度、言います」

黙るニケに発破をかけるようにサラが笑う。

「自分の正体は——アナタが今、一番捜している人物っすよ」

「困っちゃうね。何か誤解している、イカレ女かぁ」

ニケは深い溜《た》め息を吐《つ》いた。

「ま、話してみるといい。キミの間違いを正せるかもしれない」

対話に乗ることに決めたようだ。サラにあらぬ真実を広められるより、直接議論で否定すればいいという判断。

サラの誘導に従いつつも、ニケは余裕を崩していない。「オレと会話できるなんて名誉なことだぜ？」と意味なくタナトスの顔を殴っている。

「本来はぶたれることだってご褒美《ほうび》なんだ。言葉責めの方がお好きかな？」

「自分も調教する方が好きっすよ」

サラは取り出したスタンガンで、人質の男を昏倒《こんとう》させた。そして、右手の親指と人差し指で輪を作り、口の中に入れようとする。

「秘武器《ラストコード》《高天原《たかまがはら》》——飛び翔《か》ける世界っす」

甲高い指笛が講堂に響き渡り、突如、無数の動物がサラの下に集合した。

先ほど講堂の天井を舞っていた、勇敢な鷹《たか》。丸々と肥えたカワラバト。仔犬《こいぬ》とは言えないほどに大きくなった黒犬。群れを成して押し寄せてくるネズミたち。そして、そのネズミに目を輝かせている白い毛並みのネコ。

無数の生き物を操る少女に、『創世軍』の工作員たちは息を呑《の》んでいる。

ニケは冷静に「その首輪かな？」とだけ呟《つぶや》いた。

――サラが従える動物全てに小さな黒い機械が取りつけられている。

エルナには見覚えがあった。

「盗聴機っすよ」

誇らし気にサラがそばの机に止まった鷹の首を撫《な》でている。

「この子たちを使えば、超高層ビルだろうと、地下空間であろうと、自分は超広範囲にわたり情報を収集できる。ただの一介の不審者と舐めない方がいい」

アネットが仲間のために作り上げた、特製のスパイ道具《秘武器》。

この大量の機械付きの首輪が、サラに与えられたものだった。

ニケは呆《あき》れたように首を横に振る。

「有り得ないね。動物が運べるサイズの無線機なんてないよ。バッテリーはどうする」

「グラニエ海軍中将の裏研究所——アナタも知っているはずでは?」

「何の話かな?」

「惚《とぼ》ける時点で認めたみたいなものです。あそこで開発された発明品です」

かつて『灯《ともしび》』はバカンス中にマルニョース島で目撃した。

ライラット王国のクーデターを夢見て、密《ひそ》かに実験を繰り返した研究所。

そのクーデターは既にニケに潰され、グラニエ中将はギロチンに処されているが、研究はアネットが記憶している。最先端の科学技術が結集された発明品の数々。

続けてサラは口にする。

「アナタも見たことがあるはずっすよ。ベルトラム炭鉱群のストライキ現場に、いくつか落としてきたみたいっすから」

動物に取り付けた首輪が何かの拍子で外れることがあるだろう。

エルナは一つの事実を確信する。

(やっぱりアレは、サラお姉ちゃんの機械だったの)

元第七採掘坑の人が入らない天井付近で見つけた、機械だ。

『創世軍《そうせいぐん》』は見落としたのだろう。アネットが有する無線に反応するよう設計されたものであるから、仕方のないことだが。

――サラもまたベルトラム炭鉱群を訪れていた。

彼女の担当は、国王親衛隊の懐柔だ。彼らの動向を追う一環で、エルナと同じくこの炭鉱に辿《たど》り着いたのだろう。

（ただ――）

サラが得意気に開示する首輪を見て、エルナの心に暗雲が立ち込める。

――《高天原》は、そんな都合のいい機械ではない。

ニケの言う通り、高性能・長時間・超小型・長距離の無線機など今の科学水準では実現できない。《高天原》の正体は、動物が運べるほどの超小型の録音機。そして自らの居場所を示す電波を飛ばせる機能を持つ。

サラがタイミングよく駆けつけられたのは、アネットがバッテリーを換えた《高天原》に情報を吹き込み、サラに返していたのだろう。

――サラは虚勢を張っているに過ぎない。

その真意を察して、エルナは戦慄する。

（ニケが嘘で『義勇の騎士団』を支配したように、サラお姉ちゃんも嘘で対抗している）

偽《にせ》の証言を掴《つか》ませ、ガルガド帝国への憎悪《ぞうお》を煽《あお》り、その一方で彼らを評価して、秘密結社を取り込もうとしているニケ。

サラはそれにハッタリと嘘《うそ》で打ち勝とうとしているのか。

なんて困難な道なんだ、と胸が苦しくなる。

ニケが用意した嘘よりも、より魅力的なストーリーを紡《つむ》がなくてはいけない。

「――なぜ『創世軍』のトップがわざわざ、この講堂に足を運んでいるのか？」

サラがまず講堂に響く声で訴える。

「結論から語りましょう。ベルトラム炭鉱群で起きたストライキには、別の真実が隠されている。それを『創世軍』は必死に隠蔽している。爆発に気づいた記者を拘束し、県知事に報道を否定させ、隠蔽工作に気づいた者が偽りの真実に飛び込むよう労働者の中に工作員を仕込んでいる。最後にはニケが自ら出て脅迫しつつ洗脳する」

徹底しすぎっすよ、とサラは嘲笑う。

ニケは嘲るように笑った。

「威勢がいいね。政府が国民に安心して生活を送ってもらえるよう、ガルガド帝国の工作行為を伏せることがそんなに不思議かい？」

続けて捕らえられた『義勇の騎士団』たちを見つめる。

「結果だけ見れば、優秀な構成員が所属する秘密結社を見つけだし、その裏に潜むガルガド帝国のスパイを炙《あぶ》り出せた。実に素晴らしいじゃないか」

ニケの言葉に、一部の学生たちが嬉《うれ》しそうに顔を赤らめる。

この国の頂点に君臨する女性の嘘には、やはり甘い響きがあるらしい。

「アレは、ガルガド帝国のスパイの仕業じゃない」

きっぱりとサラは否定する。

「アナタたちは誰一人として、その根拠を示していない。用意していた人間に『ガルガド帝国のスパイの仕業』だと叫ばせているだけ」

「おいおい、大事な証人を忘れちゃ困るな」

ニケが声のボリュームを上げた。

「なるほど、オレの言い分が信用ならないかい？　クロエ君が工作員と主張するならば、まぁ勝手に言えばいい。けれどジルベール君の証言はどうする？」

彼は隣で気まずそうに立つジルベールの肩を叩《たた》いた。

「『義勇の騎士団』の幹部だった彼だって、同じことを言っているじゃないか」

「家族を人質にして脅しているんでしょう。彼が家族想《おも》いだと、メンバーが言っていた」

「ハッ、気に食わない言葉は、全て虚言かい？　それこそ何を根拠に」

「──仲間に汚れた翼のレリーフを送っていた」

ニケは瞬《まばた》きをした。

やがて先ほどの会話を思い出したのか「あぁ、それか」と口にする。

「彼自身が説明したじゃないか。『自分たちが間違っていたと伝えたかった』とね。この秘密結社のシンボルなんだっけ？　それを汚して返却する。別離の決意が泣けるよ」

「それなら、こんな分かりにくい方法で伝える意味がない」

「彼次第さ。工業地帯の検閲を警戒したのかもね」

「そもそも汚れた翼が届けられたのは、爆発事故の前。ストライキに参加してアナタたちに拘束される前に送っている。そのメッセージは不自然なんですよ」

一歩も引かず、サラは言い張り続ける。

「『義勇の騎士団』代表のジャンさんは、この国のことわざを引用する癖がある──『一羽の燕《つばめ》が春を呼んでくれるとは限らない』もその一つ」

サラは《高天原》を指でつまんだ。

アネットがバッテリーを交換した無線機で会話は録音されていたようだ。

「あの黒く汚した翼は、燕の羽を示唆しているんです」

初めてニケの表情が動いた。

動揺と呼ぶには微細すぎる、感心するような眉の動きであったが、サラの言葉に初めて不愉快以上の反応を見せた。ニケは把握していなかったのだ。ジルベールが事前にシンボルを送っていた情報はこの講堂で知ったのだろう。

「彼はストライキに参加する直前、自身が『創世軍』に拘束され、彼らに都合のいい証言を言わせせられる可能性を心配していた」

サラはハッキリと口にする。

「自分一人の証言だけで判断するな――そう事前に伝えていたんです」

『義勇の騎士団』たちの中から、呻《うめ》き声が漏れた。

その場にいる人間の視線が一斉にジルベールに集まった。ニケもまたその真意を確かめるように厳しい視線を送る。

ジルベールは怯《おび》えるように「あ、いや……」と顔を俯《うつむ》かせた。

「何も言わなくていいっすよ」

先んじてサラが口にする。

「脅迫されているんですから。アナタの行動は、紛れもなく組織を救った」

ジルベールは気まずそうに目を逸《そ》らした。

良い誘導だ。今この状況においてはニケを恐れて『創世軍』を庇《かば》う哀れな者にしか見えない。庇えば庇う程、ニケに脅されているように見える。

「あくまで証人を信頼ならないと言い張るわけか」

ニケは煽るように腕を組み、自身の豊満な胸を持ち上げる。

「そうかい。だからストライキの裏にいたのは帝国のスパイじゃない、と」

「その通りっす」

「なるほどね。ただ、だとしても疑問が残るよ。あのストライキで軍人と労働者の衝突があったのは事実だ。ただの労働者がどうやって軍人を動かすほどの火器を集められる？」

エルナ自身が実際に忍び込み、目撃したことだ。

元第七採掘坑で見られた、凄惨な爆弾痕や銃痕、落盤事故の痕。

一時は空が光で染まり、周辺住民まで聞こえるほどの轟音《ごうおん》が響いた。いくら冷酷な国王親衛隊であろうと、武器のない労働者にそこまでの火器は使用しないだろう。使わずとも小銃だけで制圧できる。

「あの工業地帯に持ち込まれる品は全て検閲が入るはずだ」

「そうっすね。自分も忍び込むのに苦労しました」

「仮にガルガド帝国のスパイとは限らなくても、何かしらの工作技術を有する人間がいないと成り立たない。この国を脅《おびや》かす存在と推測するのが妥当だろう？」

「他にもいる」

「それは？」

「――地下秘密結社っす。この国に無数に存在する、市民による工作員たち」

サラは一際《ひときわ》、大きな声で口にした。

「『義勇の騎士団』とは別の秘密結社がストライキを煽動《せんどう》したんです」

続けて声高に告げる。

「――この国には、今も尚《なお》、強く革命を目指している結社がある」

エルナは唇を噛《か》み、『義勇の騎士団』の仲間たちに視線を投げかけた。

自分たちの救援に駆けつけた少女が一人、己の命を賭《と》して、王国の諜報《ちょうほう》機関のトップと言葉をぶつけ合わせている。退《しりぞ》かず、別の真実を提示している。

この熱と覚悟が、ほんの少しでも彼らに通じてほしい。

この少女が、彼らの失いかけた火を灯《とも》そうとしている事実に気づいてほしい。

「――――っ」

唇を噛み締める。

彼らは――当惑しているだけだった。

せっかくサラが証言を崩したというのに、目に光はなく、狼狽《ろうばい》するようにサラやニケに視線を送るのみだ。ジャンでさえ同様だ。

サラが導いた真実は、彼らを発奮させるには弱すぎた。

「退屈だな」

ニケがつまらなそうに肩を落とした。

「この国には他に秘密結社がある？　自明だろ」

「…………」

「それが『わざわざ諜報機関のトップ自ら動き』『わざわざ報道に規制をかけて』『わざわざ面倒な手間暇をかけて罠《わな》を張り巡らす』ほどの真相とでも？」

「対話を打ち切らせるほど、焦《あせ》って――」

「その話法は飽きた。結局、キミは新たな真実を提示できていない」

もう一度言うぜ、とニケは指を立てた。

「確かにこの国には数多《あまた》の秘密結社がある。しかし、それら全てがガルガド帝国のスパイに操られ、唆《そそのか》され、国民同士で憎むよう仕組まれたプロパガンダだ。『反政府』というお題目の下、国の至る所で違法行為は繰り返され、国民の安寧は脅かされる」

人を惹《ひ》きつける姿態と、魅力的な力強い声。

サラには決して習得できないものを用い、学生たちに働きかける。

「オレが苦心するのがそんなに不思議か？　彼らを侮《あなど》るのも大概にしろ！　未来ある若人《わこうど》をガルガド帝国の洗脳から救いだすためなら、いくらでも時間を割くさ‼」

次に紡がれるのは、愛に富んだ子守歌のような声音。

「オレと彼らが和解できる、素晴らしき夜に水を差すな」

声の強弱を使い分け、一瞬で『義勇の騎士団』たちを虜《とりこ》にしていく。

あまりに魅力的すぎる、ニケの嘘。

偽りと理解していても縋《すが》りたくなる。命は保証され、自らの自尊心を満たしてくれる。

多少生活は苦しかろうと、英雄が称《たた》えてくれるのだから我慢できる。

ゆえに国民は、国王の奴隷へと成り下がる。

ガルガド帝国への憎悪《ぞうお》で守られた嘘《うそ》が、ニケの力を堅固にする。

「さっきこの灰桃髪《はいももがみ》の少女に話しかけていたね？　キミの仲間だろう？」

アネットを指差し、ニケは軽蔑するように口にした。

「仲間に爆弾を持たせる悪党が、何を説ける？　笑わせるな」

「…………………………」

もはやサラなど歯牙《しが》にもかけないように吐き捨てる。

場の空気をたった一瞬で、ニケが持っていく。当惑の反応を見せていた『義勇の騎士団』のメンバーたちも、今は恭順の姿勢を見せている。

武力を用いずともニケは場を制圧する力を有している。

ティアのように心を読む必要さえなく、あっさりと大衆の心を奪う。

「今からキミを拘束する。何を言おうが、誰も耳を貸さない」

勝敗は決したと言わんばかりに、ニケはサラに歩み寄っていく。

慌てない。

サラが何を吐こうと否定できるという余裕。人質など考慮に値しない、という威圧。

一つ一つの所作が、サラとの格の違いを見せつけるようだった。

「黒く汚れた翼のレリーフは、ダブルミーニングっすよ」

サラが言葉を発した。

歩み寄ってくるニケに怯える様子もなく、彼女も堂々と睨《にら》み返す。

「二つ以上の意味を持たせたから、分かりにくくなった。レリーフの素材は銅。纏《まと》っていた煤《すす》のような黒い粉末――銅と黒い粉末、何か連想しないっすか？」

サラは逃げることも銃を構えることもしない。

言葉だけを武器に、この講堂で声を一層強く、張り上げている。

「最初の新聞記事は、『激しい轟音が響き、強い光で空が照らされた』――なんなんでしょうね？　爆破痕が残っていたのは地下の炭坑内だったのに」

ほんの僅かにニケの歩むスピードが上がった気がする。

それでもサラが慌てる様子はない。

「そうっすよね。空を染める、火薬と金属の炎色反応――花火っすよね。あぁそう言えば、現国王のクレマン三世は、花火がお好きだそうっすね。前国王の選挙が振るわず、二年前に即位した新たな国王。戴冠式の夜は、街中で花火が打ち上がった」

サラは言葉を紡《つむ》ぐ。

「でも不思議ですね。先日行われた即位二周年の祝祭で――花火は一発たりとも上がらなかった。あれ？　おかしいっす。国王は花火がやっぱりお好きじゃないのでしょうか？」

超人であるニケに、一人正面を切って言葉を紡いでいく。

「捉え直すべきでしょう。国王は花火が好きではない。ただ『新たな国王が即位された日』に花火が打ち上げられただけ。そして『ストライキが起きた日に花火が打ち上がった』――これは偶然？　いいえ、二つを繋《つな》げるものが現場に残されていたっすよね？」

たとえニケよりもずっと拙い弁舌でも、必死に論理を広げていく。

「ストライキ現場に残っていたスローガン――『王は、代えられる』」

点と点を繋げた瞬間に一つの図式が浮かび上がっていく。

いずれこの惨状を誰かが調べた時、暗がりの採掘坑で『創世軍《そうせいぐん》』が見落とし、消し残してしまったメッセージを見つけるかもしれない。祈りが籠った力強い文字。

ニケの肩が微《かす》かに震えた。

まるでサラの口をすぐにでも塞ぎたいが、それを行えば、真実を認めることに他ならない。その葛藤に苦しむように。

「最後に――この国には、『LWS劇団《ラヴィス》』という伝説の秘密結社があったそうですね」

サラもまた額に汗を流し、喋《しゃべ》り続ける。

「ただ、奇妙なことに何をしたのか誰も知らない。情報統制が行われている。この国でそれを行えるのは『創世軍』以外ない。必死に彼らの歴史を潰したんでしょう。関係者と思われる者を全て消していった。まるで今のアナタがしているように」

これは、果たしてサラが作り上げた嘘なのだろうか。

しかし、あまりに魅力的な嘘だった。

「派手好きで『劇団』の名を冠する秘密結社――そう、花火は彼らのシンボルです」

サラはハッキリと宣言する。

「秘密結社『LWS劇団』は二年前に国王を代えさせ、今も存続している」

ニケが足を止めた。

確かな衝撃を伴っていた。『義勇の騎士団』たちが目を見開いている。『創世軍』の工作員たちでさえ小さな声を漏らしていた。彼らにとっても衝撃的な事実なのか。

「『創世軍』の工作員も知らされていなかったんすね」

勝ち誇るようにサラが笑った。

「本当の国家機密だったんすね。前王が秘密結社に屈し、国王の座を退いたなんて。『王は、代えられる』これはスローガンではなく事実。実際の歴史なんですよ」

「妄言だ」

ニケが声を張るが、声にはどこか焦りが感じられた。

「そう否定したいんですね？　秘密結社に国家の根幹が揺らいだなんて真実は、アナタと王政府の敗北そのものだから！　アナタはそれを隠し通し、『ＬＷＳ劇団』の関係者全てを抹殺しなければならない。だから、ベルトラム炭鉱群で罠を張っていた。花火と結社の繋がりに気づき、真実に近づく者を捕らえるために！」

「くだらない暴論で――」

「ならアナタがここにいる理由を示してみろ！　より合理的なものを！」

「…………っ」

初めてニケが言葉を詰まらせた。

それこそが彼女の弱みなのだ、と理解する。

ニケはこの国の頂点。現役のどのスパイよりも優秀で、国民からの人気も高く、武力や統率力も秀《ひい》でている、文字通りのパーフェクトスパイ。代わりはいない。

ゆえに彼女の行動全てが――何かしらの意味を想像させてしまう。

「屈するな！　王政府が作り上げる妄言に惑わされるな‼」

サラは講堂の者に訴えかける。

「国王は王座から引きずり下ろせる！　自分たちの手によって‼　今も決死の覚悟で、この国を変え続ける人がいる！　絶望に浸るな‼　本当の敵を思い出せっ‼」

そのスピーチは、確かにニケに比べれば拙いものだった。

しかし、彼女が作り上げた真実と魂が籠った言葉は、『義勇の騎士団』のメンバーたちの顔を上げさせるのに十分だった。

「抵抗を続けろ――自分たちは革命を成し遂げるまで屈しないっ‼」

サラは右手を高々と上げ、強く言い切る。

「――『ＬＷＳ劇団』現代表。『草原《そうげん》』のサラがアナタたちを解放します」

勝敗を決する決定的な一言。

ある意味では、サラの正体こそが聴衆の最大の疑問だったのだ。突如駆けつけ、ニケに啖呵《たんか》を切る少女は何者なのか。疑問が膨れ上がったタイミングで明かされる。

──あの伝説の秘密結社が今も尚《なお》、存続している。

──その代表が自分たちを助けるために駆けつけ、ニケと対峙《たいじ》している。

あまりに劇的であり、運命的。

まるで大衆映画のような展開に『義勇の騎士団』の誰もが心を鷲摑《わしづか》みにされていた。絶望の底にいる活動家たちを救い上げるには、十分すぎる威力。

ニケとサラ、どっちの言葉が魅力的なのかなど、分かり切っている。

心が揺らぐこともあれど、彼らはずっと反政府活動を続けてきた者たちなのだから。

ニケの判断の方が早かった。

サラの言い放った言葉が歓喜に変わる目前、腕を振るって部下に指示を送る。潔《いさぎよ》く敗北を認める。己の誤りを受け止め、恥じ、即座に方針を転換させる。

元よりニケにとって『義勇の騎士団』の籠絡《ろうらく》は、第一のプランに過ぎない。

失敗すれば、次のプランに躊躇《ちゅうちょ》なく移る。

第二のプランこそが必勝の策──暴力による制圧だった。

◇◇◇

ニケが部下に指示を出した瞬間、サラもまた反応する。

講堂にいる『義勇の騎士団』のメンバーたちに声をかける。

「逃げてください！　ここは、自分が対処しますっ！」

その言葉に応じた何人かの仲間が立ち上がろうとするが、講堂内の『創世軍』が彼らの動きを制した。銃弾を彼らの足元に放ち、行動を封じてくる。

ニケの部下は二手に分かれた。講堂内の活動家たちが逃げないよう見張る人間と、サラを即座に拘束しようとする人物。サラを捕らえようとする中には、先ほど卓越した技量を見せた『アイオーン』や『キルケ』もいる。

一方でサラは落ち着いていた。すかさず煙幕弾を放った。

先ほどエルナが用いたのと同じアネット特製煙幕は、講堂を白煙で埋め尽くす。

それに呼応するよう叫んだのは、アネット。

「今から十秒後に通信機の爆弾を起動させますっ。通信機を捨てることは許しません」

かつての仲間たちを脅迫する、冷ややかなセリフ。

「――リモコンの無線が届かない距離まで逃げれば、助かりますよ？」

ただの脅しではないのは、彼女の振る舞いが示している。

『義勇の騎士団』のメンバーたちは蜘蛛《くも》の子を散らしたように、一斉に逃げ始める。『創世軍』の人間は対応に後れをとっていた。元より人数では活動家たちの方が勝っている。なにより彼らの一人一人が拘束対象であると同時に爆弾。迂闊《うかつ》に捕まえようとすれば、爆風を食らいかねない。拳銃を用いれば煙幕のせいで同士討ちの恐れがある。

「散り散りに逃げるの‼」

エルナも懸命に逃走を促した。

先ほどのように『義勇の騎士団』の仲間同士で足を引っ張り合うことはない。皆、サラの言葉に勇気づけられている。

爆竹を鳴らして混乱を広げているアネットの手を取り、駆け出した。

全員は無理だとしても、それなりの人数が逃げ切れるかもしれない。

「――**逃がすかよ**」

だが、身体《からだ》の熱が根こそぎ奪い取られる殺気がやってくる。

もはや考えるまでもない――ニケだ。

とうとう彼女自ら動き出したようだ。煙幕の中を一直線に駆け抜け、エルナを捕らえようとする。長くしなやかな腕がまっすぐエルナの首に伸びてくる。

まるで反応できない。

阻《はば》めたのは人間ではない者たち——黒犬と白猫。サラのペットであるジョニーと、新ペットのオーレリアが、二匹同時にニケの腕に爪を立てようとする。

ニケは難なくそれを避け、回し蹴りで黒犬と白猫を同時に吹っ飛ばす。

不愉快を隠さず、彼女は呟《つぶや》いた。

「畜生風情《ふぜい》が」

「失礼なこと言うっすね！」

煙幕の中から飛び出してきた銃口から、即座に弾丸が放たれる。

頭に放たれた銃弾をニケは首を回して紙一重で避ける。そして、銃を握る少女——サラを睨《にら》みつける。

「……あの短時間でどうやってオレの部下を？」

「アナタの相手は、自分っすよ！」

サラは、エルナやアネットを庇《かば》うように立ちはだかる。先に行ってください、とエルナに笑顔で手を振り、再びニケと向き合った。

自信に満ちた表情。何か算段があるようだ。

エルナは小さく「後で合流するの」とだけ伝え、講堂の外に飛び出した。アネットの手を握ったまま、サラが作ってくれたチャンスを摑《つか》まんとする。

どうにも『創世軍』の追手が少なく感じる。サラが既に倒したのだろう。そうでなければ、あの煙幕を抜けて、自身の下に辿《たど》り着けるはずがなかった。

（サラお姉ちゃん、本当に頼もしくなったの……）

彼女の劇的な成長に胸を打ち震わせる。

あの弱々しく見えた彼女が、ニケに立ち向かえる実力を身に着けるとは。

自分もアネットと連携し、すれ違い様に一人の部下を昏倒《こんとう》させる。幸い彼の注意は別の方に向いており、奇襲をかけられた。難なく倒せた。

講堂の窓を飛び出し、今度こそニケの魔の手から逃れる。

（後でサラお姉ちゃんと合流したら、とびっきりのハグをするの）

温かな未来を思い描いていた。

困難の最中だろうと、胸は希望で満ち溢《あふ》れている。それほどまでに劇的な再会。

想《おも》いを共有したく、手を繋《つな》いでいる相棒を見る。

アネットの瞳は、凍りついていた。

「────」

「──アネット？」

懸命に足を動かしながら、着実に逃走の成功に近づいていく。

しかし、アネットの表情には笑みがない。まるで感情のない人形のような顔。

「…………サラの姉貴が勝てるわけないじゃないですかっ」

その無機質な表情とは対照的に、声には強い悲哀が込められている。

「姉貴みたいな凡人が、ニケみたいな超人に……っ」

身体の底からせり上がる不安。

ダメだ、と感じつつも振り返る。

背後には、地獄のような戦場と化した講堂がある。エルナが飛び出してきた講堂の窓から、ちょうど新たな人物が飛び出してきた。

——血まみれのサラが弾《はじ》き飛ばされていた。

それでも彼女はすぐに立ち上がる。迫りくるニケからエルナたちを守るように。

◇◇◇

サラには全てがスローモーションのように見えた。

まるで走馬灯。

ニケと一対一で向き合った時、彼女の背後から一人の男が現れていた。覇気のない男は『タナトス』と呼ばれていたはずだ。彼はニケの隣に膝を突き、ニケに長大な武器を献上した。槌《つち》。二メートル以上の長い柄の先に、鈍重なハンマーが取りつけられている。

事前に聞いてはいたが、この目で見るまで信じられなかった武器。

それこそが彼女がライラット王国最強のスパイと称される理由。

──『炬光《きょこう》』のギードに匹敵する、世界最高峰の武力。

隙はない。大衆の心を摑む美貌と演説力、敵を嵌《は》める工作技術だけではない。最終手段として反則じみた暴力で全てを覆《くつがえ》してくる。

手加減されていた。

ニケはおそらく十分の一も本気を出さず、サラに襲い掛かった。

まるで反応できず、気づけば講堂の外まで吹っ飛ばされていた。当たった左腕が砕かれている。左肩も脱臼したようで、動かせない。弾かれた際にガラスの破片が背中を切り裂いたようで、血が伝う感覚があった。

同じ人間とは思えなかった。

ふらつく足に力を込めて立ち上がり、サラは目の前の敵を見据えていた。

「キミさ、全然大したことのないスパイでしょ」

ニケは槌を肩に乗せながら、世間話でもするように微笑《ほほえ》みかける。

「あの子たちを逃がした途端、急に膝が震えだしたしね。油断したオレの部下を一人動物で制したのは見事だったけど、他は全部タネがありそうだ」

告げられた言葉に苦笑してしまう。

自身としては頑張ったつもりではあるが、ニケにはまるで敵《かな》わなかったようだ。

「実力かもしれないっすよ。ひどいっすね」

せめてニケの興味を引いて、この場にできる限り留《とど》めたい。そう願いながら、ゆっくりと言葉を吐いた。

ニケは手にした槌でとんとんと自身の肩を叩《たた》いた。

「キミは『義勇の騎士団』の内部情報に詳しかった。キミの存在は報告にあがっていないのにね。その《高天原《たかまがはら》》ってやつの力だろう？　オレの予想では、数分の録音機能」

「…………」

「つまり才能ある仲間がいれば、彼らの発想やアイデアを直接引用できるわけだ」

ニケはせせら笑うように言った。

「──キミの力の正体は、ただの借りものだ」

既に全てを看破されているようだ。

《高天原》の録音機能を使えば、遠方にいる仲間と情報のやり取りを行える。先ほど講堂で『義勇の騎士団』たちに告げた推理は、全てグレーテのアイデアだ。大衆を誘導するテクニックはティアから、敵を一人倒すアイデアはモニカから、直前に指導された。煙幕の中で数人の『創世軍《そうせいぐん》』の防諜《ぼうちょう》工作員を倒したのもタネがある。

見抜かれたことを認めた瞬間、身体から力が抜けた。

「……おっしゃる通りっす。自分は、ただの凡人っすよ」

「だろうよ」

「けれど、天才だったらアナタを倒そうとしていたかもしれない」

そうなればきっと惨敗していただろう。

そして自身が敗れてしまえば、エルナとアネットを逃がせられなかった。

「──あの子たちを守られたなら、自分が凡人でよかったなって思います」

ニケの眉が微《かす》かに動いた。

自分はこんなセリフも吐けるんだな、と意外に思い、きっと先輩たちのおかげだな、と頰を緩ませ、自身の頭が砕かれる事実を受け止める。

◇◇◇

すぐにでも助けにいきたい、という衝動をアネットは許してくれない。

握る手に力を籠め、前へ前へ、と腕を引いていく。

頭では分かっている。今戻ろうと、ニケを打倒できるはずがない。サラが作った希望を繋げなくてはならない。引き返せば、アネットまでも危険に巻き込んでしまう。

それでも運命を嘆かざるを得なかった。

「サラお姉ちゃん……」

彼女はこの結末を覚悟していた。

本気のニケから逃れる術《すべ》はない。できるなら、革命など迂遠《うえん》な手法を取っていない。

──悪いのは全てエルナだった。

『義勇の騎士団』と繋がらなければ、ニケに目をつけられなかった。炭鉱でもっと慎重に動いていれば、『創世軍』にこの大学の拠点を暴かれなかった。エルナの選択次第では、全て免《まぬが》れたかもしれないのだ。

前に走りながら、それでも振り返ってしまう。

遠くに見えるサラは既に敗れていた。頭から血を流し、倒れ伏していた。庭の銅像のそばで横たわっている。遠目に見ても分かるほど夥《おびただ》しい量の血だ。

ニケはつまらなそうに槌を携え、サラを見下ろしている。

「嫌なの……ようやく再会できたのに……そんなの……」

目に涙が滲《にじ》み始める。

血だまりに伏せるサラはもう動くことさえない。

「エルナたちを助けてくれて……こんな、また……」

また足が遅くなったところを、アネットに強く引っ張られる。

もう何も考えられなかった。

大学校舎の角を曲がり、講堂から離れていく。『義勇の騎士団』たちが誘導する、抜け道を通って、地下に逃げる。どぶ臭い下水道をアネットが用意した懐中電灯を使って走り抜け、『義勇の騎士団』が協力を取りつけた大学外の教会に出る。

このまま夜の道を駆けて行けば、『創世軍』から逃れられるはずだ。

講堂から逃げられた幹部は、四分の一程度。十数名。中にはジャンもいる。サラが駆けつけてくれなければ、全員取り込まれていたことを思うと、十分すぎる数字だった。

教会の外に出ると、一羽の鷹《たか》が飛んでくるのが見えた。

「………バーナード………」

サラの一番の相棒だった。『炯眼《けいがん》』のコードネームが与えられた勇敢な鷹。

彼一羽だけは大学から逃げてきたらしい。エルナたちの前に降り立つ。彼には機械付きの首輪がつけられている。秘武器《ラストコード》《高天原》だ。

アネットが屈《かが》んで触れると、そこから声が聞こえてきた。

《聞こえますか？　エルナ先輩、アネット先輩》

「――――っ」

漏れてきたのは、サラの声だった。

思わずバーナードの身体《からだ》を持ち上げ、顔の前まで持ってくる。

《今、ニコラ大学のそばでこれを録音しています。大きくなったすね。お二人とも。話したいことは山ほどありますが、充電もあるので手短に》

事前に録音していたようだ。

やはり彼女はこの結末を覚悟していた——その事実に息が詰まる。

謝りたい、と願った時、温かな声音で伝えられる。

《背負いすぎないでください》

一年前からずっと変わらない、彼女の優しさに満ちた声。

《もしかしてエルナ先輩は、こう思っていませんか？　『自分たちはバラバラに動いているから、失敗するわけにはいかない』と》

「…………っ」

届いた言葉にハッとさせられる。

録音機からサラのくすっと笑う声が聞こえてきた。

《そうじゃないかな、と心配しているんです。気負ってしまい、アネット先輩をコントロールしたがって……だからアネット先輩も反発して、一人、暴走しちゃって……》

まるで見てきたようなセリフ。

噛《か》み合っていたようで噛み合わなかったエルナとアネットの関係性。

《違う。離れていても自分たちは繋《つな》がっている。二人が失敗した時は仲間が支える》

サラの声は、常にエルナの心の柔らかな部分に触れてくる。

《――二人で協力して、革命を成し遂げるんです》

録音は終わりだった。

機械が停止すると同時に、目頭が熱くなってくる。

彼女の言う通り、エルナたちとサラは繋がっていた。たとえ離れようと、革命という目的のために動いている。仲間が危機を迎えれば、駆けつけられる。

――自身は、一人ではなかった。

そんな当たり前の事実を、一年間でエルナは見落としていた。焦《あせ》り、アネットの意見をロクに聞かず、ニケの罠《わな》に嵌《はま》った。

サラの言葉は優しく、そして温かく、エルナの間違いを諭してくれる。

声をあげて、泣き始めるエルナの下に、周囲の『義勇の騎士団』のメンバーたちが不安そうに駆け寄ってきた。「早く逃げないと」と急《せ》かされる。

ただ一人、ジャンだけが何か気づいたように、鷹の首輪を見つめている。

「今の声……あの茶髪の少女の…………？」

彼は狼狽《ろうばい》するようにエルナの下にしゃがみ込んだ。

「な、なぁ、本当に信じていいのか？　本当に『LWS《ラヴィス》劇団』は存続して――」

「ガタガタうるさいの！」

「……はい？」と目を丸くするジャンの胸倉を、エルナは摑《つか》んだ。

まるで役に立たなかった男に向かって、強く声を荒らげる。

「どうでもいい！　サラお姉ちゃんが見せてくれたのは！　もっと違うもの……！」

あらん限りの声で喉を震わせた。

「――たとえ敵わなくても！　一握りの勇気があれば、ニケにも立ち向かえるっ‼」

サラの雄姿は間違いなく、彼らに刻まれているはずだ。

たった一人で『創世軍』に立ち向かう。勇敢な彼女を講堂の誰もが目撃したはずだ。

それこそが革命の大きな力になる――そうエルナは信じてやまない。

「さっさと『義勇の騎士団』の全協力者に伝達し、活動の証拠を破棄させろ！」

ただひたすらに怒鳴りつける。

「急がないと捕まった奴《やつ》から情報が漏れる！　まだ組織は守れる！　サラお姉ちゃんが命

を懸けて守り抜いた成果を無駄にするなっ！」

呆気《あっけ》にとられるよう瞬《まばた》きするジャンに、強い憤怒《ふんぬ》が湧き起こる。

この男がもっと優秀ならば、うまく立ち回れたはずなのだ。クロエを炭鉱から連れてきた非はエルナにあれど、彼女に乗せられるがままに秘密結社の幹部たちを召集するという愚行は、論外だ。

もどかしさに駆られながら、エルナは力強く怒鳴りつける。

「代表の座を寄越せっ！　テメェじゃ話にならない！」

最初からそうすべきだった。

どんな力を用いてでもエルナが支配するべきだった。その覚悟が足りていなかった。


この夜以降、『義勇の騎士団』は活動を大きく縮小させる。

幹部たちの大半は『創世軍』に拘束され、逃れた幹部たちは協力者の手を借り、新たな場所に拠点を作り、地下で地道な活動に徹する。形式上の代表はジャンであったが、その実態はエルナの指示で動く『灯《ともしび》』の下部組織が如《ご》き存在になる。特に幹部たちはサラを信望する、固い忠誠心を有していた。

サラが成し遂げた功績は偉大だったが、代償も大きかった。

——『草原《そうげん》』のサラ、拘束。

姉のように慕っていた仲間の喪失に、エルナは胸が穿《うが》たれる痛みを感じ取っていた。捕まったスパイの末路は知っている。拷問を掛けられた後に、処刑。

『灯』史上最大の敵であるニケとの初戦は、敗北で幕を閉じる。

完膚なきまでの惨敗《ざんぱい》だった。

「あぁ……」

エルナの口からは、ただ慟哭《どうこく》の嘆きが漏れる。

「あああああああああああああああああああああああぁ‼」

泣き喚《わめ》いても現状は何も変わらない。

革命を成し遂げるまで、『灯』の任務は終わらない。

間章　草原Ⅳ

「今のお前は、どういう心持ちで訓練に取り組んでいるんだ？」

サラの心情の変化は、クラウスにあっさりと見抜かれた。

隠していたというわけではないが、さすがという他なかった。

食事当番。キッチンに立っていたところに彼がやってきた。同じく当番であったリリィはデザートの買い出しに出かけており、サラ一人のタイミング。

ずっと期待してくれた相手に告げるのは、心苦しかった。

「諦めたんです。一流のスパイになることを」

「……どういうことだ？」

訝《いぶか》しがる声。

その反応が辛《つら》くないと言えば嘘《うそ》になるが、選んだ結果に悔いはない。

「自分が言うのもなんですけど、『灯』の皆さんはそそっかしいところが多いっす」

「……そうだな」

「だから自分は長所を伸ばすよりも、仲間の短所を補うスパイを目指すことにしたんです。それがきっと皆さんを守ることだと思うので」

パラメーターの尖《とが》った天才ではなく、苦手のない凡人を目指す。

それがサラの見出《みいだ》した結論。ドジの多いリリィ、体力に不安が残るグレーテ、対人能力に欠けるエルナなど、『灯』の少女たちは明確な弱点がある。

自分が目指すのは——仲間の苦手を埋められる存在。

強敵と立ち向かえなくていい。どうせできやしない。そんな敵など、他の仲間が打倒してくれる。一流の才能を持つ仲間たちが。

——この世界で、自分ほど仲間に恵まれた者はいない。

だからこそ、サラは彼女たちを信じると決めたのだ。

「泥臭くても華がなくても、仲間を守ることができる二流。それが目標っす」

まずは格闘技術と対話術を伸ばしたい。エルナとアネットの苦手分野。たとえ一流には到達できなくとも、彼女たちより優れていれば、きっと二人を守れるはずだ。

当面の予定を語ってみせる。つい笑みが零《こぼ》れていた。

「それは前向きな選択なのか？」

クラウスの表情は硬かった。

やはり納得しきれないようだ。

「僕はそんなつもりでハイジ姉さんの音楽を聴かせたわけではないんだ。打ちのめし、身のほどを弁《わきま》えさせ、妥協させたいわけじゃない。僕はお前の才能を高く評価している」

彼ほどのスパイが言ってくれることに感謝しきれない。

彼やモニカはずっとサラを励まし、才能を認め、全力で伸ばしてくれた。『お前は天才だ』と態度で示してくれた。今の自分があるのは、紛れもなく彼らのおかげだ。

それでも否定しなくてはならない。**彼らの励ましが自分を縛る呪いになる前に。**

悪く生きる。誰かの理想に背いてでも、ワガママに生きてみせる。

師匠離れ――それが、サラがようやく辿《たど》り着けた境地なのだ。

「自分にとってみれば、二流のスパイだって高すぎる目標っすよ」

サラは想《おも》いをまっすぐ吐き出した。

「そもそも自分の希望は、いつか引退することっすから」

こんな危険な職業、いち早くやめたい。元々もっとのんびりと生きたい性分だ。成功報酬でたっぷりお金を貯《た》めて、外国で知見を広めて、いつか仲間と引退する。

だから輝かなくていい。

自分が中心でなくていい。仲間の命を守れるならどれだけ泥に塗れてもいい。

燎原之火《りょうげんのひ》——仲間の灯《ひ》を、大火に変えられる草原でありたい。

『燎火《かがりび》』のコードネームを与えられた彼の下で、ようやく自分自身を受け入れられた。

仲間の灯を止められないほど大きくした後に、自身は燃え尽き、消えればいい。

クラウスは微《かす》かに目を見開いた。

「本当に……」

「ん？」

「いや、僕はきっと本当の意味で、お前を指導できなかったんだろうな。夢を持てなかった現状も、夢と現実との埋まらない差も、全てお前自身が解決したんだ」

いつになく言葉に詰まっている。

やがて彼はどこか悔しそうに首を横に振った。

「不思議だよ。それでも今、誇らしさが胸に込み上げてくるんだ」

サラの顔がぼーっと熱くなってくるのが分かる。

その言葉だけで報われた気がした。

引退したとしても『灯』で過ごした日々は無駄にならない。

選ばざるを得なかった生き方と、自ら摑み取った生き方は全く異なる。スパイという生き方と天秤《てんびん》にかけ、辿り着いた未来は掛け替えのない価値を持つ。

言わないでおこうと思った言葉さえ、自然とこぼれ出てくる。

「実は、ここ最近……もう一個、夢ができました」

「なんだ？」

その時オーブンが小気味よい音を立てた。焼いていた料理が完成したのだ。

サラはミトンをつけ、オーブンの扉を開いた。熱気と共にチーズが焦げる香《こう》ばしい匂いが漂ってくる。

「自分が引退してレストランを開いた暁には――」

オーブンからグラタンを取り出し、サラはクラウスに見せつける。彼から教わったレシピを、自分なりにアレンジした料理だ。

「――ボスを、一番のファンにしてみせるっす」

クラウスからたくさんのことを与えられた。

これからは自分が彼に与える側でありたい。

「ボスが毎日でも食べに来たくなるお店。ずーっと、一生、通ってくれるようなお店。それが、自分の、大切な夢です……」

思い描けた輝かしい未来は、脳裏から消えない。『灯』の仲間たちに囲まれながらお店を開き、そこにはクラウスが毎日通ってくれる。

最初はクラウスと一緒に働く日々を夢想したが、それよりも彼に料理を振る舞う方が魅力的に感じた。

この理想を叶《かな》えるためならば、命を賭《と》してでも闘える。

何を言っているんだ、と心外な顔でクラウスは口にする。

「僕はもうお前のファンだよ。今、この瞬間から」

口癖である「極上だ」という言葉を彼は使わなかった。

彼の中ではそれ以上の感情が込み上げているのかもしれない。そんな想像が浮かんできた時、サラは心の底からの嬉しさで涙を零しそうになった。

エピローグ　合流

「あの二人は逃がしちゃったか。まいったね」

ニコラ大学の中庭でニケは肩を竦《すく》めていた。

散り散りに逃げた『義勇の騎士団』の幹部たちは、次々と拘束されている。今度は手錠をつけられていた。一度目の拘束の際、拘束具を用いなかったのは、彼らとあくまで友好的な関係を築きあげるためだったが、裏目に出たようだ。

全てを狂わせたのは、茶髪の少女の出現。

ニケは銅像のそばで昏倒《こんとう》している茶髪の少女を見下ろす。サラと名乗っていたか。

部下である『タナトス』が、ニケから槌《つち》を受け取る。

「……ニケ様……この茶髪の女は一体………」

「さぁ何者なんだろうね。自ら頭をぶつけて、気絶しちゃった」

情報を保持するためだろう。

さすがのニケと言えど、意識を失った者を拷問することはできない。並大抵の度胸がなければできない行動だった。阻《はば》む隙さえ与えなかった。

とりあえずタナトスに応急処置を命じる。まだこの少女に死なれては困る。

止血をさせながら、改めて少女を観察する。幼さが残る顔立ち。

「どう思う？　タナトス」

「え？」

「たまにはキミの意見を聞いてみようと思ってね」

「ええ……そんな、ニケ様に……」

タナトスは躊躇《ちゅうちょ》する素振りを見せたが、やがて語り出した。

「……『LWS《ラヴィス》劇団』の代表、というのは嘘でしょう。あんな学生如《ごと》きのために代表自ら乗り出すリスクを取るはずがない……ガルガド帝国のスパイ、というには、やり口が異なる……奴らはもっと粗野で残忍な方法を取る……一応、あの金髪《きんぱつ》はディン共和国の留学生という肩書きでしたが……偽装の可能性もあるので、なんとも……ぐへぇっ！」

途中で彼の横腹を蹴り上げる。

「自明のことまで話すな。オレが知りたいのは、その先」

既に少女の応急処置は済んだようだ。

以降いつ目を覚ますかは、彼女の気力次第だろう。

「この茶髪の少女とその仲間が革命の果てに、目論《もくろ》んでいることとさ」

「果て？」腹を押さえ、くぐもった声のタナトス。

「それこそ『LWS劇団』の目的と同じ――《暁闇計画《ノスタルジア・プロジェクト》》じゃないかと思ってね」

あの厄介な秘密結社もまた、革命を一手段として捉えていた。

かつて争う羽目になった男たちの姿を思い浮かべ、唇を舐《な》める。

「……今、《暁闇計画》を狙う者………」

タナトスもようやく思い至ったようだ。

「……『蛇《へび》』……やはりアイツらが……」

「いいや、アイツらとも限らないんだって。もしかしたら、あの――」

言葉が途切れたのは、口から笑みが零れたから。

体温があがっていった。下腹部が熱を帯びてくる。

「……興奮なさっているんですか？」

「年甲斐《としがい》もなく子宮がキュンキュンしちまうぜ」

ニケは目を大きく開きながら笑っていた。

「誰であろうが計画には指一本触れさせせねぇよ――オレの終わりなき初恋のために」

タナトスが興奮したように熱い息を零した。

「……あぁ……本当に、ニケ様はあの方を――」

ニケはタナトスの顔面を殴った。

なんとなく不愉快。彼が折檻《せっかん》ではなく、変な妄想で発情するのは気に食わない。

気絶したタナトスを踏みつけていると、他の部下も次々と戻ってきた。やはり金髪と灰《はい》桃髪《ももがみ》の少女は、取り逃がしたらしい。『義勇の騎士団』の学生たちなど取るに足らないが、あの二人は要警戒対象だ。

集まった『創世軍《そうせいぐん》』の部下たちは、ニケの続く言葉を待っている。

彼らには『LWS劇団』の真相は伝えていなかった。が、今更誤魔化せない。そんなものが通じるほど、愚鈍な部下を集めたつもりはない。

ニケは集まった十五人の部下の中で、二人の人物に目を向ける。

今回の任務で一際《ひときわ》輝く活躍を見せた、男女。海軍から引き抜いた逸材。

「『アイオーン』、『キルケ』。ちょっと頼まれてくれないかな?」

◇◇◇

『百鬼《ひゃっき》』のジビアは十区のブラッスリーで途方に暮れていた。

相棒の『草原《そうげん》』のサラと連絡が取れなくなった。世界中にある王国の軍事基地や国王親衛隊の拠点を回って革命の協力者を探していたところ、ベルトラム炭鉱群に親衛隊が集められている事実に気がついた。労働者と争ったという噂も得た。

あの炭鉱群は本当にスパイや秘密結社を集める罠《わな》だったのだろう。

あっさりとジビアたちも釣られ、ベルトラム炭鉱群に向かった。罠に嵌《はま》らず情報を集められたのは、サラの《高天原《たかまがはら》》のおかげだ。録音機をつけたネズミをあちこちの親衛隊の事務所に忍び込ませた。よく録音機をどこかに落とすし、貴重な録音が入手できる確率など良くて一パーセントもないのだが、数を重ねれば成果を上げられる。

が、途中でサラが単独行動を始めた。

サラとジビアが炭鉱から離れた直後、エルナとアネットも炭鉱を訪れていたらしい。アネットが落ちていた《高天原》を使い、秘密結社の情報を伝えてきた。サラは二人が危ういと判断し、別場所で活動中のグレーテと相談し、彼女たちの下に駆けつけた。

どうやらニケに拘束されたらしい。

（ま……エルナとアネットを守るためっつぅなら、止められねぇよな）

ジビアは大きく息を吐き、笑っていた。

（これで拘束されたのは二人目か……少しずつ、しんどくなってきたな……）

とりあえず会計を済ませると、立ち上がった。

ライラット王国で飲酒が認められるのは、十六歳から。既に十九歳を迎えているジビアは、堂々と酒場を出入りしていた。咎《とが》められることはない。白い髪を長く伸ばし、二年前よりも一層精悍《せいかん》になった顔つきは、大人の風格が漂っていた。

少女らしい丸みを失った代わりに、アスリートのような鋭く硬く、しなやかな筋肉を身に着けている。引き締まった足で出入り口に向かう。

金をカウンターに叩《たた》きつけ、大きく肩を回す。

「――ぼちぼち合流だな」

サラが拘束された夜、一匹の黒犬がジビアの宿を訪れた。

サラのペットであるジョニーは、多少怪我《けが》を負っていたが、目には使命感があり、仔犬《こいぬ》からの成長を感じさせる。

彼に導かれながら、ニコラ大学の近くに寄り無数のネズミたちと白猫を回収し、また彼に従い、郊外のアパルトメントに向かった。

そこには大きくなった『灯《ともしび》』の仲間が潜伏していた。

「久しぶり。エルナ、アネット」

「ジビアお姉ちゃん……」

扉を開けたエルナはあっという間に目に涙をためた。室内に入ったジビアにしがみつき、肩を震わせている。

「エルナのせいで………」

嗚咽《おえつ》交じりに声が漏れてくる。

「……エルナのせいで………サラお姉ちゃんが………」

「お前は悪くない。全部サラが自身で行った決断だ」

ジビアは彼女を抱き寄せながら、背中を撫《な》でてやった。

エルナはジビアの腕の中で首を横に振る。

「けれど、いずれサラお姉ちゃんは――」

言葉を続けることも憚《はばか》られるのだろう。

捕らえられた活動家やスパイは、銃殺刑。あるいはこの国が発明した人道的処刑器具ギロチンで首を刎《は》ねられる。二重スパイとして生かされる可能性は限りなく低い。

室内の奥ではアネットが無表情で、何か機械弄《いじ》りをしている。真剣な顔つきで、ジビアの訪問に気づいていないようだ。指を動かさねば落ち着かないように。

エルナは、ニコラ大学の講堂で起きた全てを教えてくれた。『義勇の騎士団』という秘密結社と繋《つな》がり、炭鉱で働き、そして、ニケに襲撃され、サラに守られたこと。

ジビアは一度、エルナの身体《からだ》を離した。

「なぁ、サラは最後お前たちに何を言い残したんだ？」

エルナは洟《はな》を啜《すす》った。

「アネットと……二人で………協力して革命を成し遂げろって」

「さすがの保護者っぷりだな」

彼女らしいアドバイスに頬を緩めていた。

「落ち込む暇なんてねぇぞ」ジビアはエルナの肩を叩いた。「どうせ革命を成功させちまえば、チャラだ。チャラだ」

「え？」

「『創世軍』だって貴重な情報源をみすみす殺さないだろ。サラは生け捕りにされている。

その間に王政府を乗っ取っちまえば、捕らえたスパイは全員解放できる」

法律を丸ごと変える力を持つのが、革命なのだ。革命により活動家や犯罪者が釈放された例は過去にいくらでもある。

エルナは首を横に振る。

「けれど、どうしたらいいのか――」

「――『ＬＷＳ劇団』は実在する」

それは、サラがベルトラム炭鉱群で摑《つか》んだ、機密情報だ。

あのストライキは、例の秘密結社が裏で糸を引いていた可能性が濃厚だ。

「え……」とエルナが目を丸くする。

反応からして彼女は全てハッタリと思ったのかもしれない。

「もちろんサラが現代表ってのは嘘《うそ》だぜ？　けれど、全てが嘘じゃない」

だから希望はある。

かつては王の退位を実現させ、無数の秘密結社に影響を与えている伝説の組織。それは今も尚《なお》、活動を続けている。

ジルベールとやらが、黒く汚れた翼に込めたダブルミーニングも真実なのだろう。

――『花火』をシンボルとする、ライラット王国最強の秘密結社。

エルナの闘志をもう一度呼び起こすように、ジビアは笑いかける。

「サラは証明してくれた。『創世軍』は『LWS劇団』を見つけ切れていない。そしてニケが警戒する程の理由がこの秘密結社にある」

ニケ自ら動いていた事実は、この結社の重要性を証明している。彼らが活動した炭鉱で罠を張り、やってきた者全てを拘束するほどの警戒心。

無視できない。革命の原動力になるだろう。

「やるぞ――『創世軍』より先に『LWS《ラヴィス》劇団』を見つけ出す」

彼女の奮戦は今後の方針を示してくれた。

――燎原《りょうげん》之《の》火《ひ》。

サラが守り抜いた灯《ひ》を大火に変える。

草原に放たれた火は、草木を燃やし尽くし、誰にも止められない。

NEXT MISSION

◆◆◆　双子の話Ⅱ　◆◆◆

『灯』がライラット王国で活動する三年前、この地である双子が暗躍していた。

ディン共和国スパイチーム『焔《ほむら》』のメンバー。

兄『煤煙《ばいえん》』のルーカス。そして弟『灼骨《しゃっこつ》』のヴィレ。

権謀術数を巡らす双子は、『灯』と同様の目的で動いていた。ライラット王国中枢から生まれた《暁闇計画《ノスタルジア・プロジェクト》》の全貌を摑む。この計画が『焔』を崩壊させかねない予兆を感じ取り、双子は工作を始めた。

——できる限り手数をかけず《暁闇計画》に辿り着き、潰す。

主に貴族たちを罠に嵌《は》め、情報をかき集める。

下準備を整えた彼らは本格的にこの国を転覆させせようと試みていた。

ピルカ六区にある小さな家。

大雨が降り冷えた日、双子は薪をくべた暖炉の前で、一人の少女に講義をしていた。

「この世界には『終幕のスパイ』と呼ばれた七人が存在する。

――『紅炉《こうろ》』『ニケ』『八咫烏《やたがらす》』『影種《かげだね》』『鬼哭《きこく》』『炬光《きょこう》』『呪師《のろいし》』

いわゆるこいつらが、世界大戦を終結させた立役者と言われている」

語っているのは主に兄、『煤煙』のルーカスだ。

瓜二《うりふた》つの容姿であるが、所作に微妙な違いがある。

少年のような無邪気さを宿した瞳でよく笑う青年が、兄。そして、柔和《にゅうわ》な笑みを浮かべながらも、その瞳の奥に思慮深さを宿している青年が、弟。

ルーカスは大仰な語り口で少女に講義を行っている。

「『紅炉』と『炬光』は、オレらの身内。後で教えるよ。『八咫烏』は、ムザイア合衆国の諜報《ちょうほう》機関『JJJ《トリプル・ジャック》』のお兄さん。オレらと同年代でこの一角に名を連ねている傑物。ショタコンだけど。『影種』はビュマル王国『カース』の人肉マニアのオジサン。趣味に反して悪い人じゃない。『鬼哭』は……会ったことねぇな。各国の諜報機関を渡り歩いている旅人。大戦当時はムザイア合衆国所属だったかな？　『呪師』はフェンド連邦『CI

M』の男。じゃらじゃら装飾品を身に纏《まと》っている。奇抜だから見た瞬間に分かるよ」

途中でバシバシとノートを万年筆で叩く。

挙げた七人の特徴を一人一人語ってみせ、最後に一際《ひときわ》大きくノートを叩いた。


「で――その中で一番ヤバいのが『ニケ』だ」

「信じたくない事実なんですけど」


それらの講義を受けた少女は、嫌そうに目を眇《すが》める。

少女の名はスージー。金髪《きんぱつ》の利発的な少女だ。

双子が活動の途中で知り合った。

孤児院から悪徳な貴族に売られ、慰み者になろうとしていたところをルーカスが救いだした。その後、孤児院に戻すわけにもいかず、活動の協力者として雇用した。

今はスージーに計画実現のため最低限の知識を与えている。彼女もまた常に社会に虐《しいた》げられ、この国を恨む部分もあるようだ。

「別に変態という意味のヤバいじゃないよ」

途中、弟のヴィレが苦笑する。

「隙がないってこと。分かりやすい弱点がない」

「ちょっと安心したかも。ウチの国を代表する人だし」

「いい話でもないけどね」

「もちろん――ウチの王様と首相が何か悪だくみをしている。その全貌を知りたいけど、ニケが邪魔するから手出しできない――そういうことね！」

説明を受けたスージーは頷《うなず》いた。

拾われた当初は、借りてきたネコのように大人しかったが、数日経《た》つと緊張が解け、生意気な態度を見せるようになった。これが彼女の素《す》なのだろう。ふんふん、と熱心に双子の講義に耳を傾けている。

「ウチのお姫様は理解が早い」

ルーカスが褒め称《たた》えると、スージーは誇らし気に胸を張った。

ヴィレもまた「お姫様、休憩のお茶菓子です」とスコーンを差し出した。

せっかくの協力者である彼女を、双子は最大限もてなすようにしている。最初は策略の上だったが、今ではスージーの機嫌が露骨によくなるのも理由の一つ。

「先生たちに質問！」

スコーンのカスを口の周りにつけ、スージーが手を挙げた。

「ニケを追い出すには、革命が有効的なのよね？」

「うん」

「でも、どうやって革命なんて成し遂げるの？　それは無理なんでしょ？　王様やお金持ち、それこそニケが妨害するから」

「『民衆』『国王親衛隊』『貴族』。その三要素を味方につける」

ルーカスが答えた。

「それが王道の手法だ。民衆を煽動《せんどう》して集会や行進を始め、国王親衛隊に鎮圧されないよう手を回し、貴族などの権力者に根回しして、新たな政権を作り上げる」

「市民革命ってやつね！」

「――なんて面倒な手順は踏まない」

ルーカスの言葉に、興奮していたスージーは、ありゃ、と首を捻《ひね》る。

ヴィレが補足する。ゆえあって二人は、悠長に時間をかけてはいられない。この国に尽くす義理はなく、多少の混乱を引き起こしてでも手っ取り早くニケを無力化したい。

スージーが拗《す》ねたように「じゃあ、どうするのよ」と口にする。

「初手から国の中枢をぶっ叩く――狙いは代議員議会だ」

ルーカスが怪しく口元を歪《ゆが》める。

代議員議会——つまりは国会の下院。

上院の貴族院とは異なり、議員は選挙によって選ばれる。

権力は全て国王に集中しているが、議会に力がないわけではない。立法提出権は国王にしかないが、代議員議員は法案を審議し、修正要望を出せる権利を持つ。

慣習上、国王も彼らの存在を完全には無視できない。

「現在、代議員の政党ごとの勢力、そして特徴は次の通り」

ヴィレが手元のノートに文字を書き込んだ。

【王党派　国王の統治を支持する、保守勢力。貴族や教会関係者が中心。議席数１８５

純理派　立憲王政の徹底を求める中立保守。没落貴族、資本家が中心。議席数１７０

自由派　民主主義による統治を望む改革派。弁護士、法学者が中心。議席数７５】

続けてヴィレが「勢力図はこう」と書き込んだ。

【王党派・純理派３５５席　ＶＳ　自由派　７５席】

　王党派や純理派は細かな思想の違いはあれど、基本的な考えは一致している。抜本的な改革は望まず、国王による統治を支持する。

　それに疑問を呈する、国民の代弁者である自由派はあまりに立場が弱い。

　数字を眺めたスージーが苦虫を噛《か》み潰したような顔をした。

「なんというか……やっぱり希望がないのね。この国……」

「帝国主義の時代はある意味よかった」

　ヴィレが解説する。

「少なくとも国内は潤った。けれど侵略が頭打ちになり、帝国同士が潰し合いを始めた瞬間、景気は崩れた。大戦で国土は荒れ地に変わり果て、兵隊として搾取《さくしゅ》された植民地ではストライキ運動が勃発。貴族たちも自身の富を守ることに精いっぱいなんだ」

　侵略された国はたまったものじゃねぇけどな、とルーカスは笑う。

　とにかく世界大戦以降、ライラット王国は苦境に立たされた。連合国で最も多くの死者数を叩《たた》き出し、国内経済は荒れた。大戦時、植民地の国から人を兵隊として動員したことで、抵抗運動も勃発。無数の貴族が没落した。

ガルガド帝国の工業地帯を占領したのも、国内経済を少しでも上向きにするため。

しかし、その皺寄《しわよ》せの多くは国民に向かう。

「国家の中枢——内閣は、もちろん王党派の議員連中だ」

ヴィレがノートをトンと叩いた。

「さて、この王党派を倒すにはどうすればいいと思う？」

スージーは口元に手を当て悩んだ後、勢いよく手を挙げた。

「自由派を応援する！」

「不正解です、お姫様」

「あぅ」

「ま、間違いじゃねぇが、それで政府を変えられるなら苦労はしねぇからな」

肩を落としてガックリするスージーを、ルーカスが笑う。自由で奔放なスージーを、双子が温かく指導するのが、ここ最近の定番だった。

ルーカスが、ヴィレが持つノートを指で弾いた。

「正解は——王党派を応援しまくる、だ」

王党派を倒すために王党派を応援する。

一見矛盾のように感じられる答えに、スージーは、はぁ、と首を捻る。

二か月間、彼らは王党派のために奔走した。

宣言通り、代議員議会に狙いを定め、徹底的に王党派をサポートした。

国王から提出された増税の法案に苦言を呈した純理派議員の身辺調査を行い、弱みを握り脅迫。あるいは知り得た情報を王党派に流した。ムザイア合衆国から多額の賄賂をもらっていた純理派議員はすぐに態度を改め、王党派からの嫌味に口を噤《つぐ》んだ。

時には、純理派議員が他国のハニートラップに嵌められた事実を手に入れ、王党派には逆らわぬよう脅す。官僚と繋《つな》がりタバコ販売所の独占権を得ている議員を、罠《わな》にかける。

無数の工作をしている間、スージーに対する講義は続いた。

「ま、元々オレたちがやってきたことだ」

ルーカスは新聞記者宛の告発文を書きながら、語る。

「これまで没落貴族や資本家――純理派議員や選挙人を罠に嵌《は》めてきた。スージーと出会ったのも、ワトー侯爵っつぅ没落貴族を仕留めた時だっけ？」

その時彼は、ある貴族が経営する裏カジノで働いていた。

ヴィレも作業を続けながら同意する。彼は純理派議員に仕える秘書への恋文を綴《つづ》っていた。さも心のこもっているような愛の言葉が綴られている。

「本当にこの国の上流階級は、酷《ひど》いものだよ。殺人でも強姦《ごうかん》でも全て、揉《も》み消して……スキャンダルには事欠かないね」

二人が用意した大量の封筒に封をしながら、スージーが首を傾《かし》げる。

「どうやって弱みが分かるの？」

「見た瞬間になんとなく」

「理屈で考えるな。オレの弟は異常だから」

接待は、彼らの日常だった。

協力者として手懐《てなず》けた警察や裁判官などと毎晩のように密談を交わし、代議員議員の噂《うわさ》や弱みを集める。金がなくなれば時に外国まで行き、裏カジノで派手に稼ぐ。二つ三つと会合を済ませ、酔い潰れる二人に水を渡すのはスージーの仕事。

その間も、講義は行われる。

「……あれ？　弱みを握っても揉み消されるんでしょ？」

「そうだよ…………あ、水ありがと……姫……」

「揉み消されるなら、意味なくない？」

「同じ上流階級に売るんだよ……純理派議員の弱みを王党派議員に……」

「あ、そうか。元々司法機関は王党派が多かったから……！」

「逮捕まではされねぇけど、王党派には逆らえなくなる。王党派は影響を持ち、国王がどんどん法案を通しやすくなる……酒キツ……」

協力者を増やすことにも余念がない。

潜伏しがちな反政府思想の人間よりも、王党派の支持者は大っぴらに活動できる。官僚とも繋がることで、国王が提出したい法案も、それに反対するであろう市民団体を知り、事前に工作を仕掛けられる。

増えていく協力者との細やかな連絡には、買い取った会社の郵便受けを利用した。スージーが郵便受けから運んでくれる文書を、双子はアジトで精査する。

「なんだか、この国をもっと悪くしているみたいね。複雑……」

「否定できない」

「正直、この国を救う義理もねぇからなぁ」

「えー。ひどい。あ、王国に住めなくなったら、ディン共和国に連れて行ってね」

「いいよ。お姫様なら大歓迎。ね、兄さん？」

「まぁな。けど、そんな気にするな。最終的には国を助けるかもだぜ」

「どういうこと？　そろそろ教えてよ！　王党派を応援するとどうなるの？」

「…………………………………ほえ？」

「国王は自滅する」

そんな暗躍を繰り返して二か月が経つ頃、大手新聞がある法案の成立を報じた。

――『大戦争特別財産補塡案』

世界大戦でガルガド帝国の侵攻により受けた被害を、国庫が補塡するという法案だ。土地や建物が規定額以上の損害を受けた場合に、支給される。

つまるところ――貴族や資本家に直接、金を配るという制度。

庶民に何一つ恩恵のない、国王の暴走。

「ひどい………」

朝刊でその事実を知ったスージーは、アジトで震えていた。双子たちに従ってから、彼女は毎朝新聞を読むよう命じられている。

「なんで、こんな法案が通るの！　ワタシたちの生活をなんだと――」

「――狙い通りだ」

叫ぶスージーの隣で、ルーカスは満足げに笑う。新聞を軽く眺め、鼻を鳴らした。

これこそ双子の計画だった。

「どれだけ諜報《ちょうほう》機関が優秀だろうと、国王や内閣が腐ってんなら相手になんねぇな」

「え、どういうこと……？」

「王党派が増長すれば、純理派は自由派と繋がらざるを得ない」

ヴィレがノートを取り出し、書きこんだ。

「──政局が変わるんだ」

彼が示したのは、再び中央議会の勢力図。

【前　王党派・純理派355席　ＶＳ　自由派　75席
　　　　　　　　　　　↓
今　王党派　　185席　ＶＳ　純理派・自由派　245席】

一目瞭然だった。

純理派が動き、王党派が孤立した。各政党の議席数自体は減っていない。弱みは握られど、純理派議員の退職者は出なかったからだ。にも拘《かか》わらず政局が大きく変動した。

スージーは双子たちの狙いを理解した。

「だから王党派を応援したんだ……純理派を動かすために……！」

「実際にはもうちょい複雑だけどな」

王政の権力拡大を望む王党派と、立憲による王政を望む純理派。既得権益の維持を望む彼らの思想は似ており、以前は協力関係にあった。

だが王党派が暴走した以上は、純理派は王党派と敵対せざるを得ない。

上流階級全てが得をする政治は歓迎できるが、国王含む更に一部の階級が恩恵を受けることは許さない。先の法案はまさにその象徴だ。大戦以前から没落していた貴族や、大戦後にすぐ復興した資本家は旨味《うまみ》が少ない。

――上流階級同士が潰し合いを始め、王党派が割を食っている。

スージーは信じられなかった。

王政府を害する者は、拘束される。それがこの国のルールだ。

「こんな王党派が困る展開、ニケや『創世軍《そうせいぐん》』は阻止できないの？」

「彼らは国王の利になる行為を取り締まれない」

ヴィレの回答に、スージーは息を呑《の》む。

『創世軍』が国内で行うのは、王政府に刃向かう活動家やスパイの取り締まり。

だがルーカスたちは――国王の味方をしている。

仮にニケが見抜いても、国王や内閣が拘束を認めるはずがない。さすがのニケと言えど、国王の意には簡単に背けない。

逆転の発想による——ニケ封じ。

そこでアジトの窓辺に、一羽の伝書鳩《でんしょばと》が飛んできた。鳩の足首には手紙。彼らの協力者が緊急性の高い情報を伝える時のみ扱う。

「タレコミが入った。来週には提出されるそうだ」

手紙を読んだルーカスは笑った。

「——内閣不信任決議案」

議員にも彼らの協力者がいる。

手紙を水で濡《ぬ》らして破棄しながら、ルーカスは口にした。

「反王党派勢力が過半数超えたら当然だよな。代議員議院選挙が始まる。ただ、あの国王が秘密選挙の原則を守るとも思わねぇ。こっから忙しくなるぜ」

不信任案が提出された内閣は、議会を解散させるはずだ。

そうなれば選挙が始まる。仮に王党派が惨敗《ざんぱい》すれば、国は確実に変わる。

ルーカスは楽し気に口にする。

「政党の議席争いなんて、最早《もはや》政治ゲームだ。ゲームならオレは負けない」

盤石《ばんじゃく》の王政府が、あっという間に崩れ始めている。

希望がないと思われた、中央議会の政局が揺らぐ。たった一人の男の思惑で。

ゲーム師──彼が明かしてくれた肩書。

無数の政治団体や利権団体を煽動《せんどう》していくスパイ。想像だにしなかった手腕で、『創世軍』を封じ、国王本人にさえ気づかせずに嵌めていく。

スージーはしばらく開いた口が塞がらなかった。

目の前にいる男が、掛け値なしに世界最高クラスのスパイだと察したのだ。

その事実になぜか──胸が痛くなった。

「………ワタシ、いなくても勝てそうだね」

つい小声で呟《つぶや》いてしまう。

一緒に行動しているが、二人との距離がどこまでも遠く感じてしまった。

「え？　必要に決まっているよ」

「何言ってんだ？　オレらのお姫様がそんな弱音を吐いちゃ困る」

双子がほぼ同時に首を傾げた。

そんなはずがないだろう、と温かな微笑《ほほえ》み。

「革命には、火種が必要になるんだ。本当に『お姫様』になってもらうかもね」

「…………？」

「ま、どのみち今後は人を増やしていく。その中継点として活躍してもらうぜ。いなくていい、とか意味分かんねぇこと言うな」

双子から告げられた言葉に、胸が温かくなる。

少女は、双子の全てを知っているわけではない。

自身の命を救ってくれた恩、そして、この絶望に塗《まみ》れた国を変えてくれる期待を胸に、最初は協力していたに過ぎなかった。

しかし、それでも今では——この双子のことが大好きだった。

大切に扱ってくれ、仲間として見てくれる二人の視線が嬉《うれ》しかった。

「ねぇ、そろそろチーム名が要ると思わない？」

ヴィレの提案に、ルーカスが大きく頷《うなず》いた。

「組織も大きくなるしな。お姫様が決めてくれるか？」

双子から同時に尋ねられ、顔が熱くなる。

テンパりながら提案したのは、三人の名前から一文字ずつ取るというアイデア。後に秘密結社名に彼らの名前を匂わせるのは不適当とスージーは気づくが、双子は否定せず「極上だね」「極上だぜ」と認めてくれた。

だから、その秘密結社にはスージーの「S」が入っている。

「──『LWS劇団《ラヴィス》』」

いずれブノワ国王を退位させる、謎多き秘密結社の誕生だった。

◆◆◆

『焔《ほむら》』の双子は、多くの種を蒔《ま》いていた。

──『草原《そうげん》』のサラ。かつてルーカスがスカウトした、動物好きの少女。

彼女だけでなく、更に三つの存在が芽を出し始めていた。

──二人が創設し、『ニケ』がもっとも危険視する秘密結社『LWS劇団』。

──ヴィレが自らスカウトした、圧倒的才覚を有する才女。

──そして二人が誰よりも気にかけ、宝物のように扱っていた弟分。

それらは、やがてこの国を大きく揺るがす力を伴って。

◇◇◇

花火を仕掛ける。

ベルトラム炭鉱群で命を賭《と》してストライキ運動を行った者に、鎮魂の祈りを込めて。ストライキの中心人物は、処刑されるだろう。関わった者は皆等しく罰を受けて、二度と王政府に逆らうまいと絶望する。あるいは『創世軍』に脅迫されて、付き従う。

しかし、この一連の抵抗をなかったことにはさせない。

誰かが分かってくれるはずだ。この国で尚《なお》、存在し続けている誇り高き秘密結社を。声高に言えないのが悔やまれる。代わりに花火を打ち上げる。きっと受け止めてくれる人が現れる。この国の王を退けたという歴史から葬《ほうむ》られた事実を。

──『火は、オレたちの象徴なんだ』

かつて団長だった男の言葉を、かつての副団長が続けた。

──『火を焚《た》き続けるんだ。そうすれば、ぼくらの仲間が見つけてくれる』

二人が死に際に残した遺言。

少女は忠実に従う。

花火の作り方は、彼らに教わった。陸軍にいる同志から火薬を分けてもらい、腕時計を用いた時限式にする。打ち上げる頃には、もう仕掛けた者は現場にいない。

彼女は仕掛けを終え、フリードリヒ工業地帯の一角で確認する。

誰もいない墓地に腰を下ろし、夜空を見上げる。

「ルーカスさん。ヴィレさん……」

炸裂《さくれつ》する花火を見つめ、微《かす》かな吐息と共に口にした。

「……ワタシはいつまで待ち続ければいいの？」

双子が亡《な》くなって二年経《た》っても、少女はこの地で待っている。

◇◇◇

ピルカ一区の高層ビルの屋上に、一羽の鳩が上まった。

丸々肥えた、見覚えのある鳩は元気なく見える。羽もブラッシングされておらず、汚れが目立っていた。飼い主から離れているのだろう。

『灰燼《かいじん》』のモニカはその鳩の足に取りつけられた紙を受け取った。

「……サラが拘束されちゃったか」

暗号化された報告書を読み終わると、即座に燃やして、夜の街に向かって放り投げる。

報告書は地面に落ちる前に燃え尽き、灰は風に流されていった。

内容自体は把握していたが、今一度知らされた事実に小さく息を吐く。

隣で女性が笑う。『夢語《ゆめがたり》』のティア。鳩を両手で抱え、慈《いつく》しむように頭を撫《な》でる。

「腸《はらわた》が煮えくり返っている？」

「ん？」

「あの子の師匠だものね。師匠自ら仇討《かたきう》ちかしら？」

「そんなんじゃないよ」

モニカはティアから鳩を受け取り、夜空に放った。

エイデンという名の鳩はピルカ上空を羽ばたき、そのまま夜空に溶け込んでいく。

「『ニケ』との接触は避けて、こっそり革命を成立させるのが当初の計画でしょ？　こんなに接触したら、作戦が意味ないじゃん」

ティアが同意するように笑った。

「全てが作戦通りに行かないわよ」

「まぁ、いいさ。とにかく革命の難易度が浮き彫りになった」

夜風に吹かれる髪をかきあげ、モニカは笑う。

「じゃあ革命なんて無視だ――ボクが直接《暁闇計画《ノスタルジア・プロジェクト》》を摑《つか》んでやる」

陽動に過ぎなかった策だ。

――それができるなら苦労はしない。

クラウスはそう判断し、革命を果たして『ニケ』を無力化する計画を立てた。それでも『ニケ』と直接ぶつかる班を作ったのは、彼女の動きを制限するためだ。

だが、モニカにとってそんな見込みは考慮に値しない。

「それこそ作戦とは違うじゃない？」

隣でティアは苦笑する。

「私たちはあくまで足止めや囮《おとり》の予定だけど？」

「最初からそんなもの考えていなかったよ」

「最高よ。アナタと私が組めば、必ず攻略できる」

「キミは邪魔。ボク一人でニケをぶちのめすから」

「……やっぱり仇討ちがしたいんでしょ？」

二人はピルカ中心にある、『創世軍《そうせいぐん》』本部を睨《にら》みつける。

《ニケ班》――もっとも危険度の高い役割を担う二人は、静かに闘志を漲《みなぎ》らせる。

◇◇◇

クラウスは鼓動の高鳴りを感じつつ、歩き続けていた。

ライラット王国首都ピルカから四百キロ程離れた都市。ガルガド帝国の首都ダルトンで『灯《ともしび》』の少女たちから離れ、ゆっくりと目的の場所に向かっていた。

どうしても外せない任務が舞い込んできたのだ。

ディン共和国諜報《ちょうほう》機関本部に、大胆にもその手紙は送られてきた。


――【我々は降伏する。どうか『燎火《かがりび》』に会わせてくれないか？】

あまりに想定外の差出人と文面は、すぐにクラウスに知らされ、上層部と相談した後に、誘いに乗ることに決めた。

相手は一人での対話を望んでいる。誰も連れていなかった。

辿《たど》り着いたのは、丘の上にある邸宅だ。ダルトンの賑《にぎ》わいから取り残された郊外にある、大きな洋館。整備はされているが、門などの意匠は歴史を感じさせる。数百年前に建てられた、貴族たちの別荘地なのだろう。

その意匠が一体どこの国に由来するのかを確認し、クラウスは相手の素性を察した。

出迎えはなかった。門番や召使はいない。

この別荘には誰も暮らしていないのだろう。

涸《か》れた噴水が虚《むな》しい庭にテーブルが置かれていた。挟むように二つのガーデンチェア。

椅子には、一人の男が腰を下ろしていた。


「許せ。わざわざ呼び出してしまった」


捻《ね》じれたように聞こえる。何か喉に特別な処置を受けたのか。

想像よりもずっと若かったことに驚いた。

待ち受けていたのは、十代後半の美少年だった。少なくともクラウスより年下だろう。

顔の彫りが浅く、仮面めいた無機質な顔立ちだ。かけている眼鏡の縁まで、前髪が伸びている。質のいいブランド品のジャケットを着ており、重心にブレがない座り方からも品の良さが窺《うかが》える。

一見、線が細く力ない印象を受ける。が、視線が重なった瞬間、評価を改める。

――瞳の奥に込められた、修羅の道を突き進む覚悟。

見てはいけない、と本能的に感じさせるほどの空気を纏《まと》っている。

「あまり自由が利《き》かない身分なのだ。数々の非礼を詫《わ》びよう。そして、ここまで来てくれたことを嬉しく思う。『蒼蠅《あおばえ》』の愛弟子《まなでし》よ」

「僕の師匠を二度とその名で呼ぶな」

クラウスは短く否定し、彼の正面にあるガーデンチェアに腰を下ろした。

周囲を警戒するが、目の前の少年以外に人の気配はない。彼も一人で訪れてきたようだ。

殺されるかもしれないという覚悟を負って。

少年は「すまなかった」と否定し、やがて真っすぐに見据えてきた。

「『蛇《へび》』のボスとして――どうしても其方《そなた》と取引がしたかった」

ライラット王国から離れた地で、二人の会談が始まる。

『灯』と『蛇』、世界の秘密を巡って殺し合ったスパイチームのボス同士の邂逅《かいこう》だった。

あとがき

10巻のあとがきで語ることではないですが、9巻執筆時のことを語らせてください。

ここ最近、作者自ら描いた『スパイ教室』の1P漫画をTwitterに投稿しています。

時々「ラノベ作家から漫画家に転向するのか?」とか「ラノベ作家の新たなSNS戦略か?」と勘繰られるのでお答えしますと、本当に「趣味」以外の理由はありません。趣味の小説執筆が仕事に変わり、長らく人生の気晴らしを見つけられませんでした。そこで見つけたのが漫画創作。『スパイ教室』のファンアートを引用RTしているうちに「私だって『スパイ教室』の二次創作がしたいぞ!」と対抗意識を持ち始めたのがキッカケです(この場合二次創作か否《いな》かは不明ですが)。使う脳みそが違うせいか、原稿執筆でヘトヘトになっても漫画は描ける。まだ下手くそですが、長い目で見てもらえたら嬉《うれ》しいです。

そして9巻を執筆する傍《かたわ》らで、リフレッシュに趣味漫画を描いていると気づくのです。

「……アネットとエルナの組み合わせ、めちゃくちゃ作りやすい」

本当になんなんでしょうね、この二人は。好きな組み合わせはたくさんありますが、1

Pという枠で何かを作ろうとした時、彼女たちほど動かしやすいコンビはありません。改めて彼女たちの可能性を認識しました。の一の一、言っているだけで可愛《かわい》い。

そんな二人で展開される、第10巻。そして二人が活躍するならば『彼女』が気張らないわけにはいきません——作者公認保護者、サラの巻でした。

この三人が揃《そろ》って奮闘すると、感慨深いものがありますね。

以下謝辞です。トマリ先生、前巻に引き続き主要キャラの姿を全員変えるという無茶ぶりに応えていただき、ありがとうございました。続々と完成するデザインを毎度とても楽しみにしております。また執筆の後押しをしてくれているアニメ関係者の皆様。映像、声、音楽、グッズの一つ一つが創作のインスピレーションを与えてくれます。心からの感謝を捧《ささ》げます。そして、いつも趣味漫画をRTしてくれたり、温かいコメントをくれたりするフォロワー様にも改めてお礼を。もっと上達して、本編の合間に楽しめる作品を届けられたらな、と日々意気込んでおります。もちろん本業に支障が出ない範囲で。

アニメに関しては、原作3巻部分がちょうど放送されている頃でしょうか。アニメの勢いに負けないよう、原作を生み出していけたらと思います。

次は11巻。アニメの勢いのままに、早めの時期にお届けできればと思います。成長した姉貴たちが続々と駆けつけてくれる——かもしれませんね。ではでは。

竹町

富士見ファンタジア文庫

スパイ教室《きょうしつ》10
《高天原《たかまがはら》》のサラ

令和5年7月20日　初版発行

著者——竹町《たけまち》

発行者——山下直久
発　行——株式会社KADOKAWA
〒102-8177
東京都千代田区富士見2-13-3
0570-002-301（ナビダイヤル）

印刷所——株式会社暁印刷
製本所——本間製本株式会社

ISBN978-4-04-075017-0 C0193　◇◇◇

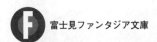

双星の
無名の青年が天下無双の大活躍！
彼の前世は、最強の英雄だ！
華流転生ソードファンタジー。

シリーズ好評発売中！
天剣使い
HEAVENLY SWORD OF TWIN STARS
名将の令嬢である白玲は、
一〇〇〇年前の不敗の英雄が転生した俺を処刑から救った、
才ある美少女。
それから数年後。
始まった異民族との激戦で俺達の武が明らかに――！
最強の白×最強の黒の英雄譚、開幕！
ファンタジア文庫

これは世界を救う

久遠崎彩禍。三〇〇時間に一度、滅亡の危機を迎える世界を救い続けてきた最強の魔女。そして──玖珂無色に身体と力を引き継ぎ、死んでしまった初恋の少女。

無色は彩禍として誰にもバレないよう学園に通うことになるのだが……油断すると男性に戻ってしまうため、女性からのキスが必要不可欠で!?

シン世代ボーイ・ミーツ・ガール!

王様のプロポーズ

King Propose

1

橘公司
Koushi Tachibana
[イラスト]──つなこ

最強の初恋
シリーズ
好評発売中!
ファンタジア文庫

ファンタジア文庫
イスカ
帝国の最高戦力「使徒聖」の一人。争いを終わらせるために戦う、戦争嫌いの戦闘狂
女と最強の騎士
二人が世界を変える――
帝国最強の剣士イスカ。ネビュリス皇庁が誇る魔女姫アリスリーゼ。敵対する二大国の英雄として戦場で出会った二人。しかし、互いの強さ、美しさ、抱いた夢に共鳴し、惹かれていく。たとえ戦うしかない運命にあっても――
シリーズ好評発売中！